Zu den Autoren:

Günther Payer studierte Psychologie. In seiner Heimat Salzburg arbeitet er im Sozialbereich mit Jugendlichen.

Sebastian Königsberger studierte Genetik/Immunologie an der Universität Salzburg und ist derzeit als Wissenschaftler in Berlin tätig.

Payer Günther
Sebastian Königsberger

Blackout

Roman

© 2013 Payer/Königsberger

Herstellung und Verlag: BoD – Books on Demand, Norderstedt

Umschlaggestaltung: Alexander Hütter

Bibliografische Information der Deutschen Nationalbibliothek:
Die Deutsche Nationalbibliothek verzeichnet diese Publikation in der Deutschen Nationalbibliografie; detaillierte bibliografische Daten sind im Internet über http://dnb.dnb.de abrufbar.

ISBN: 978-3-7322-5000-4

Teil I

Montag

Er liegt. Im Bett. Ist er in Gefahr? Nicht wirklich. Nur ein Traum! Ein Alb quält ihn. Und doch: Angst! Aufwachen! Er versucht es, aber sein Körper gehorcht nicht. Zustand, aber nicht zuständig. Ein stummer Schrei. Sein Körper wird hin und her gerissen und doch liegt er still. Aufwachen! Wieder wird er zurückgezerrt. Angst wird Panik. Wieder stummes Schreien. Wer soll helfen? Aufwachen!

Er fährt in die Höhe. Schwitzt. Ist froh wach zu sein, hat aber Angst, wieder einzuschlafen. Seine Hände zittern. Er betätigt die Nachttischlampe. Das Licht beruhigt ihn etwas. Er steht auf und zündet sich eine Zigarette an. Die zweite Nacht geht dies so. Sobald er einschläft suchen ihn diese Albträume heim. Immer und immer wieder. Seit er das erste Mal diesen Zeitungsartikel gelesen hat. Sonntag. In der Wochenendausgabe des Salzburger Tagblatts. Er weiß aber nicht einmal, was dieser Bericht mit ihm zu tun haben soll.

Seit diesem Sonntag hat er die Wohnung nicht mehr verlassen. Jetzt ist es Montag. Bald Mitternacht. Er kann nicht schlafen. Streift durch die Wohnung. So wie er es in den letzten Stunden getan hat. Er hat weder den Fernseher noch das Radio aufgedreht. Auch die heutige Zeitung liegt unberührt auf dem Küchentisch. Das Handy ist abgeschaltet. Herr Kleinfeld hat Angst vor dem, was er lesen oder hören könnte.

Er holt sich ein Bier aus dem Kühlschrank. Zur Beruhigung. Sein Blick gleitet schläfrig über den Raum. Die Küche könnte auch wieder einmal aufgeräumt werden. Es stapeln sich gebrauchte Töpfe, Teller, Besteck, Gläser. Und überall leere Bierflaschen. Herr Kleinfeld ist kein ordentlicher Mensch. Daher hat er das Gefühl, sich den Luxus einer Reinigungsdame leisten zu müssen. Einmal in der Woche beseitigt sie sein Chaos. Frau Stanic ist der Meinung, wie es in der Wohnung eines Menschen ausschaut, so schaut es auch in seiner Seele aus. Irgendwie ist da was Wahres dran. Andererseits ist das Chaos aber auch Teil seines Berufes. Im Sinne der Kreativität. Herr Kleinfeld ist Grafiker und Künstler. Selbständig. Das hat Vor- und Nachteile. Der Vorteil ist klar: Er ist sein eigener Chef. Er hat sich ja noch nie von jemandem etwas anschaffen lassen wollen. Ist immer Einzelgänger gewesen. Auch das Geld muss mit niemandem geteilt werden. Gleichzeitig ist dies aber der große Nachteil. Denn wenn die Geschäfte schlecht gehen, teilt auch keiner die Verluste. Und die Geschäfte gehen gerade schlecht.

Herr Kleinfeld öffnet sich noch ein Bier und zündet sich eine Zigarette an. Er setzt sich an den Küchentisch. Dort liegt noch immer die Zeitung von Sonntag. Aufgeschlagen auf Seite drei. Und wieder springt ihm dieser kleine Artikel unter der Rubrik ´Zusammengefasst´ ins Auge. Gerade einmal eine Überschrift und im Anschluss daran drei kurze Zeilen. Wie viel hundert Male hat er diese Zeilen jetzt schon gelesen? Und warum? In der Montagsausgabe würde er sicherlich schon mehr darüber erfahren. Aber er traut sich immer noch nicht nachzuschauen.

Er versucht, den Freitag zu rekapitulieren. Obwohl ihn der Schlaf noch immer nicht richtig los lässt, schafft er es langsam seine Gedanken zu ordnen. Vorsichtig lenkt er seine Erinnerungen in Richtung Frühstück. Das muss um ungefähr 10.00 Uhr gewesen sein. Ein Kaffee, 3 Zigaretten und die aktuelle Tageszeitung. Wie immer. Danach hat er gearbeitet. So ab 11.00 Uhr. Er ist vor dem Computer gesessen und hat ein Logo für eine Apotheke entworfen. Nach langem Überlegen ist schließlich eine Schlange herausgekommen. Jetzt ist natürlich der erste Eindruck: Nichts Neues. Hängt an jeder Apotheke. Aber beim zweiten Blick, da schau her: Ist aus der Schlange ein Gesicht geworden. Und aus dem Gesicht wieder eine Schlange. Je nachdem, wie man es angeschaut hat. Grafik und Kunst liegen eben eng bei einander.
Herr Kleinfeld war sehr zufrieden. Die Arbeit hat er mit gutem Gewissen um Punkt 16.00 Uhr beenden können. Das ist bei ihm fast schon ein Ritual. Weil am Freitag um 16.00 Uhr beginnt sein Wochenende. Also die Freizeit. Und Freizeit ist nie Arbeit. Ein Ritual ist dann auch das Treffen mit seinen Freunden. Um 18.00 Uhr. Bei Herrn Anzengruber. Die Herrn Radocek und Neureiter sind auch gekommen. Wie jeden Freitag.
Jetzt hat Herr Kleinfeld vorher natürlich noch einkaufen gehen müssen. Weil jeder seine Getränke für den Abend selbst besorgt. Und da ist er ganz Gewohnheitsmensch: Immer ein Sechsertragerl Bier plus zwei Bier Reserve. Wobei die Reserve noch nie übrig geblieben ist. Aber da ja Wochenende war, hat er gleich eine ganze Kiste mit dazu genommen. Dann heimspaziert, Getränke eingekühlt und unter die Dusche. Eine Kleinigkeit gegessen, sich fesch gemacht, Bier aus dem Kühlschrank geholt und um punkt 18.00 Uhr ist

er beim Herrn Anzengruber gewesen. Herr Radocek ist auch schon da gesessen. Nur der Herr Neureiter hat ein bisserl auf sich warten lassen. Aber das ist immer so.
Die Wohnung von Herrn Anzengruber ist ein optimaler Treffpunkt. Mitten in der Altstadt. Getreidegasse. Vierter Stock. Drei Zimmer. 102 Quadratmeter. Ein wenig laut, weil viele Touristen durch die Gasse gehen. Von Vorteil ist natürlich die zentrale Lage. Zwar etwas teuer. Der Steuerberater Anzengruber hat aber kein Problem damit. Geld ist ihm nicht so wichtig.
Betritt man seine Wohnung, kommt man rechts in ein geräumiges Büro. Natürlich mit High-Tech-Ausrüstung. Und wegen dem vielen Sitzen: Feiner Ledersessel. Chefqualität. Von hier aus hat er die Steuer fest in der Hand. Gegenüber dem Büro das Schlafzimmer. Wasserbett. Plasmafernseher. Zwecks Entspannung. Und wenn der nicht eingeschaltet ist, kann man sich ja immer noch die Fische in seinem Aquarium anschauen. Soll ja auch beruhigend sein.
Im großen Raum dazwischen hat Herr Anzengruber sich eine Wohnküche einbauen lassen. Modernes Design mit viel Alu und Chrom. Die Küchengeräte hat er bei einem Gastronomieunternehmer bestellt. Das Prunkstück ist ein Elektroherd mit Glaskeramikplatte und vier Induktionskochfeldern. Dazu ein Einbauofen mit Bratautomatik. Um die Küche herum sind die Sitzplätze positioniert. Von dort aus kann man ihm beim Kochen zuschauen. Weil Kochen ist das Hobby von Herrn Anzengruber. Und er hat es ganz gerne, wenn man ihm dabei zuschaut.
Genau das haben die Herrn Radocek, Neureiter und Kleinfeld gegen 18.30 Uhr auch getan. Zugeschaut und auf den ersten Gang gewartet: Sellerie-

schaumsuppe mit Scheiben von der Kalbszunge. Herr Kleinfeld ist jetzt zwar nicht so der Liebhaber von Zunge, aber in der Suppe hat sie dann doch ganz gut geschmeckt. Zu den verschiedenen Gerichten hat Herr Anzengruber natürlich auch eine Weinbegleitung ausgesucht. In diesem Fall einen leichten Weißen. In den Pausen zwischen den Gerichten ist Herr Kleinfeld dann aber doch lieber auf sein Bier umgestiegen. Weil Wein schmeckt ihm nicht ganz so gut. Und wie er so seinen ersten Schluck genommen hat, ist ihm das Gefühl überkommen, ein bisserl über den Herrn Koppenwallner schimpfen zu müssen. Der war früher nämlich auch immer mit dabei. Jetzt hat er aber seit zwei Monaten eine neue Freundin und lässt sich nicht mehr blicken. Weil die Freundin ist anscheinend wichtiger als die Freunde. Und das haben die Herren Anzengruber, Neureiter und Radocek genau so gesehen. So hat der Herr Kleinfeld nicht alleine schimpfen müssen. Mit der Freundin wollte man ihn auch nicht treffen. Die hat man klarerweise nicht sehen wollen. Wo sie ihnen doch den Herrn Koppenwallner ausgespannt hat.
Natürlich haben sie das nicht das erste Mal besprochen. Gesagt werden hat es aber trotzdem müssen. Und sie hätten sich noch viel länger darüber aufregen können, wenn Herr Anzengruber nicht seine Lammhaxerl auf Wirsing mit Schwarzbrotknödeln gebracht hätte. Das war jetzt ganz nach dem Geschmack von Herrn Kleinfeld. Und der Ärger ist dann gleich einmal verflogen. Es hat ihm sogar so geschmeckt, dass er sich gleich eine zweite Portion hat geben lassen. Und weil der Barolo von dem Herrn Anzengruber so gut dazu gepasst hat, ist ein zweites Glas auch nicht schlecht gewesen.

Zum Abschluss hat Herr Anzengruber noch einen warmen Kirschkuchen mit Sahne serviert. Da war Herr Kleinfeld dann schon ganz froh, dass es keinen vierten Gang gegeben hat.
Gegen 19.45 Uhr hat Herr Radocek dann den Fernseher eingeschaltet. Weil er wissen wollte, wie der Halbzeitstand zwischen den Salzburger Stieren und dem Grazer Sportverein ausgeschaut hat. Und da hat er jubeln können. Weil die Salzburger sind 2:0 vorne gelegen. Den Herrn Anzengruber hat es auch gefreut. Die Herren Neureiter und Kleinfeld hingegen haben schon wieder schimpfen müssen. Weil die beiden die Salzburger Stiere nicht als ihren Heimverein ansehen. Jetzt ist die Geschichte ja wirklich interessant, weil sie zwischen den vier Freunden immer wieder zu heftigen Diskussionen führt. Es ist nämlich so, dass ein großer Getränkekonzern den Salzburger Sportverein aufgekauft und in Salzburger Stiere umgetauft hat. Die Vereinsfarben hat er dann auch einfach geändert und die beiden Fans Neureiter und Kleinfeld haben plötzlich keinen Fußballklub mehr gehabt, hinter dem sie haben stehen können. Und einem Getränk wollten sie jetzt auch nicht zujubeln. Den Herren Radocek und Anzengruber hingegen war das nicht so wichtig. Hauptsache die Salzburger gewinnen. Und das haben Herr Neureiter und Herr Kleinfeld natürlich nicht akzeptieren können und wieder heftig streiten müssen. Wie sie gegen 21.00 Uhr auf den Endstand geschaut haben, sind die Salzburger Stiere dann doch noch mit 2:3 Toren vom Platz geschickt worden. Jetzt haben die Herren Neureiter und Kleinfeld gejubelt und der Herr Anzengruber und der Herr Radocek geschimpft. Und weil man gerade so im Diskutieren war, haben sie einfach wieder von vorne angefangen.

Gegen 22.00 Uhr ist dann das Bier ausgegangen. Herr Neureiter hat aber gleich eine super Idee gehabt. Mäxchen spielen. Zum Verständnis: Man braucht zwei Würfel und einen Becher. Wenn es geht, eine Paschelwiese. Dann wird verdeckt gewürfelt und nur der Spieler, der am Zug ist, schaut unter den Becher, was er gewürfelt hat. Beispiel: Einen Dreier und einen Vierer. Daraus wird eine Zahl gemacht: 43. Weil die höhere Ziffer immer zuerst kommt. Wieder mit dem Becher zugedeckt und dem nächsten weitergegeben. Der Spieler sagt nun laut eine Zahl. Jetzt aber kommt der Clou: Das muss nicht die Echte sein. Er sagt zum Beispiel Einserpasch. Also zweimal die eins. Weil zwei gleiche Zahlen immer höher sind als zwei ungleiche. Nur nicht bei zwei und eins. Das ist ein Mäxchen. Das Höchste, was man würfeln kann. Aber noch mal zum Beispiel: Der Spieler hat 43 gewürfelt. Sagt aber Einserpasch. Er lügt. Weil lügen bei diesem Spiel erlaubt ist. Nun gibt es zwei Möglichkeiten. Der nächste Spieler glaubt ihm das und muss nun eine höhere Zahl würfeln. Zumindest einen Zweierpasch. Was schon sehr schwierig ist. Wahrscheinlich wird auch er lügen müssen. Wenn der Spieler aber vorher schlecht gelogen hat, glaubt er ihm natürlich nicht und schaut sich die Würfel unter dem Becher an. Entlarvt den anderen, weil ja nur die Zahl 43 und nicht ein Einserpasch darunter ist. Also hat dieser verloren. Wenn es aber wirklich ein Einserpasch gewesen wäre, hätte es ja gestimmt. Also hätte er ihn nicht beim Lügen erwischt und selbst verloren.

Nun haben Herr Kleinfeld und seine Freunde aber nicht nur zur Gaudi gewürfelt. Weil jedes Mal wenn einer beim Lügen erwischt worden ist, hat er ein Stamperl Birnenschnaps trinken müssen. Und wenn einer nachgeschaut hat und den anderen nicht beim Lügen erwischt hat, hat er auch ein Stamperl trinken müssen. Herr Kleinfeld ist jetzt aber ein ganz schlechter Lügner gewesen. Auch den anderen wollte er die Wahrheit nie glauben. Daher hat er wahrscheinlich so viel trinken müssen. Und da ist schon sein Problem. Nach dem siebzehnten, achtzehnten Stamperl hat er sich an nichts mehr erinnern können. Nicht einmal, wie er heimgekommen ist. Blackout. Vorhang zu. Bewusstsein weg.

Das nächste, was er wieder gewusst hat, wie er mit einem mächtigen Kater aufgewacht ist. Samstag. Mittag. Der Kopf hat ihm gedröhnt und auch der Magen war gegen ihn verstimmt. Nach dieser Nacht kann man ihn gut verstehen. Den Magen. Richtig schlecht geworden ist Herrn Kleinfeld aber erst am nächsten Tag. Als er diesen Artikel in der Zeitung gelesen hat. So schlecht sogar, dass er sich auf der Toilette hat übergeben müssen.

Jetzt sitzt er Dienstag um 3.00 Uhr in der Nacht an seinem Küchentisch und starrt auf diesen Artikel vor ihm. Und erneut heftet sein Blick auf diesen kurzen Zeilen. Unter der Rubrik ´Zusammengefasst´. Im Salzburger Tagblatt:

Mord an einer Prostituierten!

In der der Nacht von Freitag auf Samstag wurde im Lehener Park eine Prostituierte tot aufgefunden. Die Polizei geht von Mord aus. Die Ermittlungen laufen.

Dienstag

Nun hat Herr Kleinfeld doch noch ein wenig geschlafen. Das viele Bier hat ihn recht müde gemacht. Er blickt auf die Uhr neben seinem Bett. Dienstag. 8.12 Uhr. Ob er wieder geträumt hat? Er weiß es nicht. Nur, dass ihm der Schlaf auch nicht viel gebracht hat. Sein Kopf schmerzt schon wieder und er fühlt den pelzigen Geschmack der Zigaretten auf seiner Zunge. An Weiterschlafen ist nicht zu denken. Außerdem kommt um 9.00 Uhr Frau Stanic. Die Reinigungsdame. Bis dahin möchte er die Wohnung verlassen haben. Sie soll ihn nicht so sehen. Und ihre Lebensweisheiten hat er sich in seinem Zustand auch nicht anhören wollen.
Normalerweise setzt er sich zuerst vor den Computer und schaut sich seine E-Mails an. Jetzt geht er aber gleich ins Badezimmer. Und was er da im Spiegel sieht, erschrickt ihn: Er hat sich in den letzten Tagen nicht frisiert. Die wenigen Haare sind verfilzt. Seine Augen sehen aus, als wolle der Rotwein von Herrn Anzengruber bei ihnen herauskommen. Und seine Hautfarbe hat auch schon einmal gesünder ausgeschaut. Eine Dusche wäre jetzt nicht schlecht. Das letzte Mal, dass sein ganzer Körper in den Genuss von Wasser und Duschgel gekommen ist, war am Freitag. Aber weil die Zeit zu knapp ist begnügt er sich damit, sich kaltes Wasser ins Gesicht zu spritzen. Dann zwingt er den Kamm durch seine widerspenstigen Haare und zieht sich zumindest frische Wäsche an. So richtig wohl fühlt er sich trotzdem nicht. Und wie er so ein weiteres Mal in den Spiegel sieht, muss er un-

willkürlich an den Apothekenauftrag mit der Schlange denken. Irgendwie hat er das Gefühl, dass er zwei Gesichter sieht. Je nachdem wie er sich anschaut.

* * * * *

Als Herr Kleinfeld die Wohnungstür hinter sich zuschließt, kommt Frau Stanic schon um die Ecke gebogen. Er wirft ihr ein schnelles ‚Grüß Gott' an den Kopf und ein kurzes ‚Danke schön' hinter her. Dann ist er auch schon aus ihrem Gesichtsfeld verschwunden. Frau Stanic schüttelt den Kopf. Ein seltsamer Mensch ist er ja schon, dieser Herr Kleinfeld. Jetzt arbeitet sie schon seit fünf Jahren bei ihm und hat noch nie ein normales Gespräch mit ihm führen können. Meistens geht er gerade, wenn sie kommt. Und manchmal kommt er gerade, wenn sie geht. Selbst die Schlüsselübergabe hat er damals telefonisch erledigt und ihr seinen Zweitschlüssel einfach unter den Fußabstreifer gelegt. Ansonsten hat sie bis jetzt außer Floskeln noch nicht viele Worte mit ihm gewechselt.
Sie bückt sich und holt den Schlüssel unter der Matte hervor. Dann öffnet sie die Tür und betritt die Wohnung. Es verschlägt ihr den Atem. Es riecht stark nach Zigaretten und Alkohol. Eine Note Kleinfeld ist wohl auch dabei. Sie öffnet sofort alle Fenster um dann wieder betroffen den Kopf zu schütteln. Normalerweise müsste man in solchen Fällen einen Zuschlag wegen Geruchsbelästigung bekommen. Frau Stanic betrachtet das Chaos näher. Sie hat in dieser Wohnung ja schon viel gesehen, aber was sie jetzt in der Küche vor sich findet, übertrifft bis jetzt alles. Überall stehen Bierflaschen. Die meisten sind leer, einige aber noch halb voll. Essensreste liegen herum. Der Aschenbe-

cher quillt über und die Zigarettenstummel sind nicht nur am Tisch verteilt, sondern auch achtlos auf den Boden geworfen. Gott sei Dank hat sie immer Gummihandschuhe dabei. Sonst wäre sie wohl spätestens jetzt welche kaufen gegangen.
Sie zieht sich die Handschuhe über und beginnt mit der Arbeit. Beim Entsorgen der Restmengen des Bieres steigt ihr ein süßlicher Geruch entgegen. Sie denkt, dass eine Art Gummihandschuh für die Nase auch nicht schlecht wäre. Aber Nasenschuh klingt ihr dann doch zu blöd.

Das schöne an ihrer Arbeit aber ist, dass man bald einen Erfolg sieht. Denn wie sie alle Flaschen entleert und zurück in die Kiste gestellt hat, hat es gleich viel besser ausgeschaut. Als nächstes nimmt sich Frau Stanic die Zigarettenstummel vor. Und wie sie gerade den Aschenbecher aufhebt, fällt ihr ein Zeitungsartikel ins Auge. Nicht, dass sie normalerweise gerne Zeitung liest, aber in diesem Fall ist der aufgeschlagene Artikel rundherum mit Kugelschreiber eingekreist gewesen. Sie beschließt, sich hinzusetzen und eine kleine Pause zu machen. Dabei zündet sie sich eine Zigarette an. Dann setzt sie ihre Lesebrille auf, nimmt die Zeitung in die Hand und beginnt den Artikel zu studieren.

Mord an einer Prostituierten!

In der Nacht von Freitag auf Samstag wurde im Lehener Park eine Prostituierte tot aufgefunden. Die Polizei geht von Mord aus. Die Ermittlungen laufen.

Und wieder schüttelt sie den Kopf. Ein seltsamer Mensch ist er ja schon, der Herr Kleinfeld.

* * * * *

Herr Kleinfeld hat sich in der Zwischenzeit beim Würstelstand vor seiner Haustür ein Paar Frankfurter und ein Bier gekauft. Auf die Bemerkung, warum er heute so schlecht ausschaue, hat er sich gleich hinter den Wagen gestellt, um dort zu essen. Schließlich ist er nicht rechtzeitig vor Frau Stanic geflüchtet, damit er dann seine Probleme mit der Würstelverkäuferin diskutieren muss. Es gibt wohl ein paar Berufe, da gehört Neugierde zur Grundausbildung.
Vor ihm liegen die Montags- und die Dienstagsausgabe des Salzburger Tagblattes. Er hält die Spannung nicht mehr aus. Muss einfach wissen, ob bereits Neuigkeiten in der Zeitung stehen. Und weil heute so ein schönes Wetter ist, beschließt er, sich ein bisschen in den Mirabellgarten zu setzen. Die Sonne scheint ihn etwas aufzuheitern. Weil er aber zuerst seine Nerven beruhigen muss, holt er sich noch zwei Flaschen Bier von der Verkäuferin.

Um diese Zeit sind nur wenige andere Besucher im Mirabellgarten. Sonst hätte sich Herr Kleinfeld wohl etwas mehr geschämt, wie er da so mit einem Bier in der Hand schon am Vormittag auf der Parkbank sitzt. So überliest er aber zuerst einmal den Österreichteil der Zeitung und nippt dabei immer wieder an der Flasche. Ganz bei der Sache ist er allerdings nicht, weil er schon ein wenig Angst davor hat, was im Lokalteil steht. Und weil wirklich nicht viele Leute zu sehen sind, traut er sich sogar, hinter einer Hecke seinen Harndrang loszuwerden.

Dann nimmt er sich endlich den Lokalteil von Montag vor. Seine Hände zittern. Ein bisschen schwindlig ist ihm auch. Auf Seite eins steht aber nichts über den Mord an der Prostituierten. Durchaus verständlich. Weil ein Hubschrauberabsturz in Zell am See ist dann wohl doch ein bisschen interessanter. Aber auch auf Seite zwei und drei kann er nichts entdecken. Als er zum Veranstaltungskalender kommt, atmet er zum ersten Mal tief durch.
Das schöne Wetter und die Sonne stimmen Herrn Kleinfeld fast fröhlich und das nächste Bier schmeckt ihm gleich viel besser. So sitzt er einfach nur so da und lässt sich ein wenig bräunen. Das tut seinem Teint sicherlich ganz gut. Und wie er sich so im Mirabellgarten die berühmten Zwerge aus Stein anschaut, umspielt ein Lächeln sein Gesicht.

Fast genau sechzehn Jahre ist es nun her, dass Herr Neureiter und er sich kennen gelernt haben. Bei einem Vorsprechen für eine Laientheatergruppe. Für das Stück ‚Der kleine Hobbit' von J.R.R. Tolkien, das hauptsächlich mit Jugendlichen aufgeführt wurde. Über hundert junge Leute hatten sich dafür beworben. Nur knapp fünfzig konnten mitspielen. Und von diesen wurden Herr Neureiter und Herr Kleinfeld für die wichtige Rolle zweier Zwerge ausgewählt, die den kleinen Hobbit auf seiner Reise begleiten.
Auf Anhieb entwickelte sich zwischen ihnen eine Sympathie, die sich nicht nur auf das Stück beschränkte, sondern bald in eine Freundschaft überging. Und da die Proben in einem nahe gelegenen Raum zum Mirabellgarten stattfanden, saßen sie häufig vor und auch nach den Proben auf ein, zwei Bier zusammen. Manchmal genau auf der Bank, wo Herr

Kleinfeld jetzt gerade sitzt. Womit sich auch sein Lächeln beim Anblick der steinernen Figuren erklären lässt.

Wie er in diesem Moment so in Gedanken an früher schwelgt und vor sich hinschmunzelt, fällt sein Blick wieder auf die Dienstagsausgabe der Zeitung. Weil er nun in guter Stimmung ist und das Bier die Flasche so gut wie verlassen hat, fasst er sich ein Herz und nimmt den Lokalteil des Salzburger Tagblattes zur Hand.

Auf Seite Eins sind eine Menge Polizisten und Jugendliche zu sehen. Die Polizei hat in der Nacht eine Großrazzia am Rudolfskai durchgeführt. Wegen der vielen Schlägereien dort. Sogar fünf Festnahmen hat es gegeben. Da wäre er gerne dabei gewesen. Irgendwie mag er nämlich solch kleine Sensationen. Auf der zweiten Seite ist dann gleich die passende Karikatur dazu abgebildet: Ein Polizist führt ein kleines Kind in Handschellen ab. Weil auf der Fortgehmeile am Rudolfskai viel zu junge Leute in der Nacht noch ausgehen. Zwar gefällt dem Herrn Kleinfeld die Idee ganz gut, aber dem Kennerblick entgeht natürlich nicht, dass die Karikatur ziemlich lustlos hingekritzelt ist. Und so ist er so sehr in seinen kritischen Gedanken versunken, dass er auf der nächsten Seite gleich wieder seine frisch erworbene Bräune verliert. Im Grunde genommen kann man sagen, ist er kreidebleich geworden.

Denn auf Seite drei prangen ihm die Zeilen entgegen, die er nicht sehen wollte. Er will die Zeitung sofort weglegen, aber etwas zwingt ihn, sie zu lesen.

Brutaler Mord an einer Prostituierten:

In der Nacht von Freitag auf Samstag wurde von einer Pensionistin auf ihrem Spaziergang im Lehener Park eine Leiche aufgefunden. Nachdem sich die alte Dame von ihrem ersten Schock erholt hatte, rief sie sofort die Polizei. Dieser bot sich ein Anblick des Grauens. Nach Aussagen des Polizeikommissars Manfred Schriebel dürfte der Täter das Opfer zuerst brutal zusammengeschlagen haben, bevor er es mit 17 Messerstichen regelrecht hingerichtet hat. Bei der Toten handelt es sich nach den Angaben der Polizei um die 34-jährige Maria S., die an diesem Tag ihrer Beschäftigung als Straßenprostituierte in der Ignaz-Harrer-Strasse nachging. Bei der Tatwaffe dürfte es sich um ein Küchen- oder Klappmesser handeln. Vom Täter fehlt nach wie vor jede Spur. Die Polizei bittet die Bevölkerung um sachdienliche Hinweise.

Herrn Kleinfelds Kreislauf läuft im Kreis. Übelkeit steigt in ihm auf. Am liebsten würde er nach Hause gehen. Da ist jedoch Frau Stanic. Und schlecht hin oder her hat er doch das Gefühl, dass er dringend noch ein Bier braucht. Darum steckt er die Zeitung in seine Jacke und quält sich zum Supermarkt. Mit starrem Blick geht er an den übrigen Kunden vorbei. Nichts nimmt er um sich herum wahr. Den Weg zum Bier braucht ihm jetzt auch keiner erklären. Den kennt er wie seine Westentasche. Und in eben dieser umklammern seine Finger den Schaft eines Messers.

* * * * *

Herr Kleinfeld weiß nicht, wie er wieder in den Mirabellgarten gekommen ist. Auch nicht, wie lange er so da gesessen ist. Plötzlich reißt ihn aber irgendjemand unsanft aus diesem Zustand. Nur unklar bekommt er mit, wie ihn dieser Mensch schüttelt und als Penner beschimpft. Ihn auffordert, dass er sofort den Park verlassen soll, sonst hole er die Polizei. Bei dieser Drohung steht er automatisch auf und will gehen. Zuvor drückt ihm diese Person aber noch seinen Einkaufssack in die Hand. Wettert, dass er den Müll nicht in seinem Garten liegen lassen brauche. Und wie Herr Kleinfeld den Mann genauer anschaut, bemerkt er, dass es wohl der Gärtner des Parks sein müsse. Er will noch etwas sagen. Sich irgendwie entschuldigen. Herausbringen tut er aber nichts. Wahrscheinlich ist es besser so. Jetzt zieht er wie ein geprügelter Hund von dannen. Und weil er ja wegen seiner Putzfrau nicht nach Hause kann, wankt er zur Salzach. Nicht weil er betrunken ist, sondern weil er das Gefühl hat, seinen Körper nicht mehr unter Kontrolle zu haben.

An der Salzach setzt er sich dann wieder auf eine Bank und öffnet sich ein Bier. Schmecken tut es ihm gar nicht. Brauchen tut er es wirklich. So sitzt er die nächsten ein, zwei Stunden einfach nur da und starrt in den Fluss. Und wenn man ihn im Vorbeigehen so sieht, kann man schon ein wenig Angst vor ihm bekommen.

Nach drei weiteren Flaschen steigt ihm der Alkohol in der Hitze schon richtig zu Kopf. Und wie er gegen eine Hecke urinieren will, muss er sich an einem Ast festhalten. Es kommt ihm vor, als wäre das nicht er, der da wankend vor einem Busch steht, sondern irgendein anderer. Also dirigiert er den fremden Körper wieder zur Bank und lässt ihn sich hinsetzen. Die Turmuhr der Christuskirche schlägt gerade drei Uhr. In diesem Zusammenhang muss er daran denken, warum er eigentlich immer ein Messer dabei hat. Da es ja auch ums Schlagen geht. Weil ein Ereignis nach einem Lokalbesuch vor ein paar Wochen Herrn Kleinfeld in den Besitz dieses Messers gebracht hat.

Er kann sich noch genau erinnern, wie er mit den Herrn Radocek, Neureiter und Anzengruber nach einer ihrer Sitzungen am Freitag Abend noch fortgegangen ist. Ins Irish Pub. Auch das ist ein Ritual. Weil sie seit über fünf Jahren immer dort hingehen. Einerseits sicherlich aus Gewohnheit, auf der anderen Seite ist es eines der letzten Lokale in Salzburg, bei denen die Gäste nicht gleichzeitig ihre Söhne oder Töchter sein könnten. Wobei ihnen die Söhne egal gewesen wären. Mit potentiellen Töchtern hingegen hätte man nicht unbedingt anbandeln müssen. Und so haben es die vier überzeugten Singles immer recht genossen, nicht nur ein nationales, sondern auch ein internationales Publikum an Frauen anzutreffen, denen ihr Alter von über dreißig eben nicht alt vorgekommen ist.
So sind sie auch an diesem Freitag hineinmarschiert. Und weil man die vier ja schon kennt, hat man nicht lange gefragt, sondern ihnen gleich vier halbe Bier hingestellt. Schließlich ist es ja noch nie passiert, dass jemand etwas anderes wollte. Und wenn doch einmal, hat derjenige das Bier zuvor auch nicht verschmäht.
Dann haben sich die Freunde an den Rand der Tanzfläche gestellt und erst einmal die Situation analysiert. Sozusagen Chancenauswertung betrieben. Und da ist dem Herrn Kleinfeld gleich einmal eine zierliche Brü-

nette aufgefallen, die sich recht anmutig zur Musik bewegt hat. Also hat er sein Repertoire ausgespielt und zuerst Blickkontakt aufgenommen. Wie das Mädel nach einer Weile zurückgeschaut hat, hat er gleich gewusst, da läuft was. Daraufhin hat er sich schnell noch ein Bier bestellt, bevor er zu Schritt zwei übergegangen ist. Tanzen. Weil Herr Kleinfeld schon lange herausgefunden hat, dass man mit geschmeidigen Bewegungen bei den Frauen gut ankommt. Jetzt ist er mit einer Mischung aus Improvisation und Profession immer mehr in Richtung Ziel getänzelt. Und lange hat es nicht gedauert, da haben die beiden schon eine flotte Sohle zu zweit hingelegt. Die Herrn Radocek, Neureiter und Anzengruber waren recht beeindruckt vom schnellen Erfolg ihres Freundes. Während sie noch immer beim gemütlichen Biertrinken waren.

Weniger begeistert war allerdings der Mann an der Bar, der plötzlich aufgesprungen ist und sich zwischen Herrn Kleinfeld und seine neue Eroberung gestellt hat. Ihn angeschrien hat, er solle sofort seine Freundin in Ruhe lassen. Den Einwand von hinten, dass sie seine Exfreundin sei, dürfte dieser dabei wohl überhört haben. Weil er nicht lange gefackelt, sondern gleich Herrn Kleinfeld bei der Jacke gepackt hat. Herr Kleinfeld ist nun zwar im alltäglichen Leben ein recht ruhiger Typ. Aber wenn er etwas getrunken hat, schlägt er schon mal vorher zu und fragt danach, ob es ein Problem gibt. Und so hat er zuerst sein Gegenüber weggestoßen und ihm gleich einmal eine Faustwatschen gegeben. Was sein Gegner natürlich nicht auf sich sitzen lassen wollte und Herrn Kleinfeld ebenfalls eine verpasst hat. Jetzt könnte man meinen, es stünde eins zu eins. Da hatte Herrn Kleinfelds Widersacher aber die Rechnung ohne den Wirt gemacht. Denn gleich nachdem die Kellner den Vorfall bemerkt hatten, ließen sie ihn von den beiden Türstehern hinauswerfen. Das ist auch der Vorteil, wenn man Stammgast ist. Denn Herr Kleinfeld hat bleiben dürfen. Und unversehens wieder seine alten Intentionen aufgenommen. Einfach weitergetanzt. Und die hübsche Brünette gleich mit.

Nun hat er aber so ein Hochgefühl gehabt, dass er wohl ein bisschen aufdringlich geworden ist. Weil er immer näher gerückt ist und das fesche Mädchen gar nicht mehr loslassen wollte. Außer, als er sich noch ein schnelles Bier geholt hat. Und wie er zurückgekommen ist, war die hübsche Brünette auch schon weg. Darum war er stocksauer. Weil, was soll das: Zuerst macht sie ihm schöne Augen und dann ist sie einfach verschwunden. Das hat ihn so sehr geärgert, dass er sogar sein halbes Bier stehen hat lassen und aus dem Lokal gegangen ist. Verabschiedet hat er sich nicht. Von den Herren Radocek, Neureiter und Anzengruber. Weil er ja so sauer gewesen ist. Die drei Freunde haben sich nicht sonderlich gewundert. Denn das kommt öfters vor.

Was Herr Kleinfeld jetzt aber nicht gewusst hat, dass er nicht alleine in Richtung nach Hause spaziert ist. Weil in einem kurzen Abstand ist ihm der Gast aus dem Lokal gefolgt. Der hat ihm nämlich die Faustwatschen sehr übel genommen. Und dass er mit seiner Exfreundin angebandelt hat, hat ihm sowieso gar nicht geschmeckt. Also ist er hinter dem Herrn Kleinfeld her gegangen und hat auf die richtige Gelegenheit gewartet. Die hat aber noch ein bisschen auf sich warten lassen. Denn nach der Überquerung der Staatsbrücke hat Herr Kleinfeld noch einen Abstecher beim Würstelstand machen müssen. Um sich einen Hot Dog zu kaufen. Weil ihn aber jetzt alle Menschen um ihn herum aufgeregt haben, hat er sich den Imbiss einpacken lassen und einfach in die Innenseite seiner Jackentasche gesteckt. So ausgerüstet ist er dann weiter marschiert.

Um drei Uhr in der Früh sind nicht mehr viele Menschen unterwegs gewesen. Genau das hat sich der Kerl hinter Herrn Kleinfeld auch gedacht, als dieser in die Priesterhausgasse gebogen ist. Und weil niemand zu sehen war, ist er losgerannt und hat dem verdutzten Herrn Kleinfeld im vollen Lauf eine mit der Faust übergezogen. So, dass es diesen regelrecht umgehauen hat. Nun ist Herr Kleinfeld zwar auf dem Boden gelegen, aber das Adrenalin ist ihm auch sofort eingeschossen. Und darum ist er gleich mit geballten Fäusten wieder fest auf dem Boden gestanden. Ein zweites Mal hat er sich nicht überraschen lassen und ist den weiteren Schlägen geschickt ausgewichen. Das hat schon wieder irgendwie nach einem Tanz ausgesehen. Ein paar Treffer ins Gesicht seines Gegners hat er auch gelandet. Er hätte sogar schwören können, dass er dessen Nase knacken gehört hat. Wie er aber geglaubt hat, dass sein Widersacher aufgeben würde, hat dieser plötzlich ein Messer gezogen und ist auf ihn zugekommen. Und gerade als sich Herr Kleinfeld noch entscheiden wollte, ob er weglaufen oder den anderen attackieren soll, hat er schon den Stich gespürt. Nun ist dem Herrn Kleinfeld aber so richtig die Wut hochgestiegen. Wenn man sein hochrotes Gesicht gesehen hat, hätte man glauben können, der Rest des Körpers sei blutleer gewesen. Und soviel Blut er im

Kopf gehabt hat, ist es dem anderen plötzlich aus dem Gesicht gefallen, wie der rasende Herr Kleinfeld auf ihn losgestürzt ist. Daher hat er schnell das Messer fallen lassen und ist nur mehr gerannt. Immer mit dem Gefühl, einen Wahnsinnigen hinter sich zu haben. Stehen geblieben ist er erst, als ihm die Lungen zu zerplatzen drohten. Als er sich dann umgedreht hat, hat in seinem Kopf auch schon das letzte Stündlein geschlagen.

Gott sei Dank waren es aber nur die Glocken der St. Andrä Kirche. Denn hinter ihm ist keiner mehr gewesen. Herrn Kleinfeld ist es nämlich nach ein paar Metern doch zu blöd geworden. Seine Wut ist der zärtlichen Müdigkeit des Rausches unterlegen. Und irgendwie hat es ihm gereicht, dass diese feige Sau im Schweinsgalopp vor im davon gerannt ist. So hat er sich nur umgedreht und wollte nach Hause marschieren. Auf dem Weg zurück hat er dann das Messer entdeckt. Wie er es aufgehoben und betrachtet hat, ist ihm aufgefallen, dass kaum Blut auf der Spitze war. Einem Instinkt gehorchend hat er die Klinge sogar abgeleckt. Und man will es nicht glauben, aber irgendwie hat es mehr nach Ketchup als nach Blut geschmeckt. Weil Herr Kleinfeld jetzt aber so müde war, hat er sich nichts weiter dabei gedacht und das Messer einfach in die Jacke gesteckt. Erst am nächsten Tag ist ihm aufgefallen, dass das Messer den Weg zum Herzen durch das Hot Dog wohl nicht ganz geschafft hat.

Jetzt sitzt er an der Salzach und starrt auf eben dieses Messer. Er dreht und wendet es in seinen Händen. Dabei stehen ihm immer wieder die Zeilen aus der Zeitung vor den Augen: ´….dürfte der Täter das Opfer zuerst brutal zusammengeschlagen haben, bevor er es mit 17 Messerstichen regelrecht hingerichtet hat`.

Was ihn aber wundert, dass nirgends auf dem Messer Blut zu entdecken ist. Da kann er es noch so oft drehen und wenden. Das gibt ihm ein bisschen Hoffnung. Dann klappt er das Messer zusammen und stolpert die Böschung hinunter. Einmal sieht er es sich noch an und wirft es danach in den Fluss. Sicher ist sicher. Kurz noch schaut er der Strömung nach, bevor er wieder den Hang hinaufklettert.

Nun packt ihn eine solche Müdigkeit, dass er sich entschließt, nach Hause zu gehen. Es ist kurz nach 21.00 Uhr. Frau Stanic ist Gott sei Dank schon lange weg. Und wie er heimkommt, verzichtet er sogar auf sein Gute-Nacht-Bier. An eine gute Nacht glaubt er sowieso nicht mehr. Also geht er gleich ins Bett. Und kaum ist er eingeschlafen, da suchen ihn auch schon wieder die Albträume heim.

Mittwoch

Kurz nach Mitternacht schrickt Herr Kleinfeld wieder auf. Er schaut sich furchtsam in seinem Zimmer um, bevor er realisiert, dass er zu Hause ist. Und nicht im Lehener Park. Wie er soeben geträumt hat. Sein Leintuch ist durchnässt, so sehr hat er geschwitzt. Obwohl er seine Augen kaum aufhalten kann, zwingt er sich aufzustehen. Er merkt, dass sein Körper wieder dehydriert. Schließlich hat er schon seit Stunden nichts mehr anderes als Bier getrunken. Und weil er noch dazu so schnell aufgestanden ist, meldet sich sein Kreislauf in unangenehmer Weise. Benommen wankt er in die Küche und lässt sich ein Glas Wasser ein. Weil es nicht schaden kann, fügt er eine Aspirinbrause mit hinzu. Schnell schluckt er den Mix hinunter, um sich dann auf einen Stuhl zu setzen. Jetzt erst, als die Gedanken klarer werden, registriert er, wie sauber es in der Küche ist. Vielleicht sollte er Frau Stanic ja einmal einen Blumenstrauß schenken. Wenn sie auch noch so viel redet, so hat sie sich doch nie über den Mist beschwert, der Woche für Woche anfällt. Und wie er sich so den Zustand der Wohnung am vorigen Tag vorstellt, ist er sich nicht sicher, dass dies jede Reinigungsdame aushalten würde.

Nun sitzt Herr Kleinfeld da und steht vor dem nächsten Problem. Schlafen kann und will er nicht mehr. Was sollte er aber sonst tun. Mitten in der Nacht. Er schaut in den Kühlschrank und wird bestätigt, dass sein Biervorrat zu Ende ist. Er überlegt, ob er sich eine Flasche Wein aufmachen soll. Lässt es dann aber

bleiben. Schließlich ist heute Mittwoch. An diesem Tag holt er immer die Tochter seiner Nachbarin aus dem Kindergarten ab und verbringt den Tag mit ihr. Sozusagen Kindersitten aus Leidenschaft. Weil Geld gibt es dafür keines.
Das macht Herrn Kleinfeld aber nichts, denn prinzipiell hat er Kinder gerne. Nur eigene kann er sich nicht vorstellen. Das wäre ihm dann doch viel zu anstrengend. Und die Verantwortung möchte er auch nicht übernehmen. In diesem Moment sieht er es zumindest als seine Verantwortung, dass er die kleine Lisa zu Mittag nicht betrunken abholt. Und er weiß, wenn er sich jetzt eine Flasche aufmacht, würde höchstwahrscheinlich noch eine zweite folgen.
Daher gießt er sich lieber noch ein Glas Wasser ein. Bestärkt durch seine moralische Festigkeit geht es ihm gleich besser. Menschlich gesehen. Denn körperlich fühlt er sich immer schlechter. Trotzdem nimmt er sich vor, etwas Vernünftiges zu tun. Da seine Arbeit schon seit Tagen ruht, will er etwas in diese Richtung machen.
Er geht ins Wohnzimmer und betrachtet sich sein neuestes Werk, an dem er gerade arbeitet. Ein Portrait von James Joyce. Ein Galerist hat ihm diesen Auftrag besorgt, nachdem ein Besucher auf die dort ausgestellten Bilder von Herrn Kleinfeld aufmerksam geworden ist. Zweihundert Stunden hat er bereits an dem Gemälde gearbeitet. Er schätzt, dass er noch einmal doppelt so lange brauchen wird, bis es fertig ist. Herr Kleinfeld ist Realist und seine Werke sehen fast aus wie Fotografien. Erst bei näherem Hinsehen erkennt man die Feinheiten des gemalten Werkes. Das macht seiner Meinung nach aber eben diese Form von Kunst aus. Gerne würde er jetzt an dem Gemälde weiter

arbeiten. Als er jedoch auf seine Hände schaut, sieht er, wie sie zittern. Zwar kaum merklich, aber zuviel, um solch filigrane Arbeiten durchzuführen. Würde er in diesem Zustand weitermachen, könnte das sein ganzes Bild zerstören.

Also schaltet er den Computer ein, um seine Emails abzurufen. Professionell hat er in den letzten Tagen ja gerade nicht gearbeitet. Als eigener Unternehmer sollte man dies dann doch täglich tun. Es könnten ja schließlich neue Aufträge dabei sein. Und die bringen Geld. Was Herr Kleinfeld zurzeit dringend benötigen würde. Deswegen ist er auch enttäuscht, als er sich seine Posteingänge ansieht. Nur zwei E-Mails. Beim ersten bedankt sich die Dame von der Apotheke für den erfüllten Auftrag. Sie ist sehr zufrieden mit der Gestaltung des Logos und möchte Herrn Kleinfeld gerne weiterempfehlen. Das Honorar will sie nächste Woche überweisen. Zumindest eine gute Nachricht. Das andere ist von Herrn Anzengruber. Dieser erkundigt sich nach Herrn Kleinfelds Befinden, nachdem er letzten Freitag die Runde so plötzlich verlassen hat. Und da sein Handy schon seit Tagen ausgeschaltet ist, versucht er es eben auf diesem Weg.

Herr Kleinfeld muss gezwungenermaßen lächeln. Andere Leute würden sich jetzt vielleicht Sorgen machen, wenn jemand so lange nicht erreichbar ist. Seine Freunde nicht. Weil die ja wissen, dass das Handy für ihn mehr Fluch als Segen ist. Er hat noch nie gerne telefoniert und wenn er es tut, dann in aller Kürze. Am Wochenende schaltet er es meist ganz ab, um seine Ruhe zu haben. Ein paar Mal ist es auch schon vorgekommen, dass er es verloren hat. Falls er also nicht erreichbar ist, wundert das keinen mehr. Und wenn ihn der Durst oder die Laune oder beides packt, dann meldet er sich ohnedies bei den anderen. Das nimmt er sich auch dieses Mal vor. Und vielleicht kann ihm der Herr Anzengruber ja noch einige Lücken vom letzten gemeinsamen Treffen auffüllen.

Wie Herr Kleinfeld so in Gedanken ist, wird sein Zimmer plötzlich hell erleuchtet. Er schrickt kurz auf. Das anschließende Donnergrollen beruhigt ihn aber gleich wieder. Diesen Sommer sind solche Unwetter nichts Neues. Immer wieder blitzt und donnert es und Stürme fegen über Salzburg hinweg. Vielerorts wird schon wieder von Klimakatastrophen und globaler Erwärmung gesprochen. Herrn Kleinfeld ist das jedoch egal. Im Gegenteil. Er mag solche Naturschauspiele. Die unbändige Kraft, die dahinter steht. Die bizarren Formen der Blitze und den satten Ton des Donnergrollens. Dazu das Prasseln des Regens auf den Strassen.
So will er sich auch jetzt diese fantastische Vorstellung der Natur nicht entgehen lassen. Und während die meisten Leute froh sind, wenn sie sich in ihre vier Wände zurückziehen können, schenkt sich Herr Kleinfeld doch noch ein Gläschen Wein ein und setzt sich auf seinen Balkon. Seit Tagen fühlt er sich das erste mal wieder richtig wohl. Die Regenmassen scheinen seine Sorgen wegzuspülen und die Blitze seine Gedanken aufzuhellen. Als das Unwetter langsam vorbeizieht und sich das Wetter wieder beruhigt, fühlt auch er etwas mehr Ruhe in sich. Daher stellt er das Glas beiseite und begibt sich wieder in sein Bett. Es dauert nur wenige Minuten, bis er eingeschlafen ist. Und sogar die Albträume bleiben aus.

* * * * *

Man hat dem Herrn Kleinfeld angemerkt, dass er in den letzten Tagen nicht viel geschlafen hat. Aufgewacht ist er nämlich erst kurz nach 11.00 Uhr. Und wie er jetzt auf die Uhr schaut, bekommt er schon in der Früh Stress. Schließlich soll er um 11.50 Uhr die kleine Lisa vom Kindergarten abholen. Daher zieht er sich gleich seine Sachen an und eilt schnell zum Schlüsselkasten. Dort hängt jedoch kein Autoschlüssel. Er sucht in der Küche, kann ihn dort aber auch nirgends entdecken. Herr Kleinfeld denkt nach. Das letzte Mal ist er am Freitagvormittag mit dem Auto unterwegs gewesen. Er versucht sich zu erinnern, was er angehabt hat. Eine Jeanshose, ein Poloshirt und eine Lederjacke. In der Jacke findet er den Schlüssel nicht, aber bei der Hose hat er mehr Glück. Er schaut auf die Uhr: 11.33 Uhr. Er muss sich beeilen. Weil er mag es nicht, wenn man zu spät kommt. Und die kleine Lisa will er ja auch nicht warten lassen.

Mit raschem Schritt verlässt er seine Wohnung und geht in Richtung Schrannengasse. Dort angekommen, packt ihn jedoch die Panik. Sein Auto steht nicht mehr da. Blitzschnell überfallen ihn die Gedanken. Jemand hat den Wagen gestohlen. Oder er wurde abgeschleppt. Er rennt hin und her. Ohne Plan. Dann versucht er sich zusammenzureißen. Seine Gedanken zu ordnen. Schließlich läuft er um den Häuserblock herum.
Und wie er um die Ecke zur Rainerstrasse biegt, sieht er schon den weißen Hinterteil seines VW-Transporters. Zuerst fühlt er Erleichterung. Seine Muskeln beginnen sich zu entspannen. Nur Sekunden später überfällt ihn aber die nächste Hitzewallung. Er hat sein Auto gefunden. Aber warum steht es hier? Er

ist sich sicher, es am Freitagvormittag in der Schrannengasse abgestellt zu haben. Und bei der Möglichkeit, die jetzt noch bleibt, wäre es ihm fast lieber, es wäre gestohlen oder abgeschleppt worden.

Will man Herrn Kleinfelds Gemütsbewegungen wieder mit dem Wetter vergleichen, dann hat der Wind seine gute Laune von der heutigen Nacht einfach weggeblasen. Sein Gesicht ist blass und mit starrem Blick steigt er in seinen Transporter. Mehr automatisch als bewusst fährt er in Richtung Kindergarten.

Als er ankommt, steht die kleine Lisa bereits davor. Sie kann sich nicht daran erinnern, dass sie irgendwann einmal auf Herrn Kleinfeld hat warten müssen. Hoffentlich ist ihm nichts passiert. Sie freut sich nämlich schon den ganzen Vormittag darüber, dass sie heute bei ihm sein darf. Er ist irgendwie so etwas wie ein zweiter Vater für sie. Nachdem der Echte sie und ihre Mutter vor zwei Jahren verlassen hat. Jetzt kommt er nur mehr selten, um sie abzuholen. Vielleicht einmal im Monat. Eigentlich mag sie das ja gar nicht. Weil immer die dumme Freundin von ihrem Vater dabei ist. Und die kann sie gar nicht leiden. Außerdem ist es dort auch nicht so ein Spaß wie bei Herrn Kleinfeld. Mit ihm spielt sie immer lustige Sachen. Kräftemessen zum Beispiel. Dabei ziehen beide an einem Seil, bis einer nicht mehr kann. Die kleine Lisa gewinnt dabei immer. Und einen Tischfußballtisch hat Herr Kleinfeld bei sich zu Hause stehen. Auch da hat sie noch nie verloren. Eine weitere tolle Sache ist der große Fernseher. Da kann sie sich den Kinderkanal anschauen. Weil bei der Mama zu Hause gibt es so einen Fernseher nicht. Sie sagt immer, dass man sich anders beschäftigen soll. Und nicht den ganzen Tag vor der Glotze sitzen. Und kochen tut der Herr Kleinfeld vielleicht gut. Da gibt es Pizza und Spaghetti. Aber auch Würstchen. Wieder so etwas, was es bei der Mama nicht gibt. Die ist nämlich Vegeterin oder so. Wie sie daran denkt, bekommt sie richtigen Hunger.

Da sieht sie schon den weißen Bus von Herrn Kleinfeld um die Ecke biegen. Lachend rennt sie ihm entgegen. Als das Auto aber stehen bleibt und der Fahrer aussteigt, friert ihr das Lächeln auf den Gesichtszügen ein. Im ersten Moment glaubt sie, dass es jemand anders ist. Dann erkennt sie ihn. Irgendwie sieht er jedoch seltsam aus. Er hat überall Stoppeln im Gesicht und seine Augen sind ganz rot. Außerdem ist er furchtbar angezogen. Normalerweise springt sie in seine Arme, wenn er kommt. Jetzt aber geht sie vorsichtig zum Fahrzeug. Herr Kleinfeld wirkt geistesabwesend. Gerade einmal ein ‚Hallo' bekommt er heraus, als er ihr die Autotür öffnet. An eine kleine Lisa Auffangen ist da gar nicht zu denken. Wie dann beide im Transporter sitzen, fällt ihr noch der unangenehme Geruch auf. Sie hält sich die Finger vor ihre Nase, sagt aber nichts. Das wäre unhöflich. Und Mama hat ihr beigebracht, dass man nicht unhöflich sein darf. Wie sie ihn so von der Seite anschaut, fürchtet sie sich ein bisschen. Ersatzvater hin oder her wäre sie nun doch lieber bei ihrer Mama. So kann sie aber nur da sitzen und hoffen, dass dieser Tag schnell vorbei geht.

Herr Kleinfeld ist jetzt wirklich etwas geistesabwesend gewesen. Beim Kindergarten hat er die kleine

Lisa zwar gesehen, aber kaum wahrgenommen. Auch ihre entsetzten Blicke hat er nicht registriert. Eigentlich wollte er nur mehr so schnell wie möglich nach Hause. Die ganze Fahrt zu seiner Wohnung hat er nichts geredet. Nur nachgedacht. Wie das Auto in die Rainerstrasse gekommen ist. Und immer wieder ist er auf die einzige Lösung gekommen: Er muss in dieser verdammten Nacht von Freitag auf Samstag damit gefahren sein.

In der Wohnung angekommen, geht Herr Kleinfeld gleich zum Fernsehapparat und schaltet ihn ein. Die kleine Lisa setzt er davor. Freuen kann sie sich jetzt gar nicht darüber. Und zum Essen gibt es auch nichts. Hungrig und ängstlich sieht sie die Zeichentrickfiguren über den Bildschirm huschen. Ab und zu wagt sie einen Blick auf Herrn Kleinfeld, der wie erstarrt neben ihr sitzt. Als es dann plötzlich an der Haustür läutet, hofft sie mit geschlossenen Augen, dass es die Mama sein möge.

Frau Kampel bemerkt das Blitzen des Radarkastens zu spät. Auch ist es ihr im Moment egal. Sie will nur so schnell wie möglich ihre kleine Lisa sehen. Weil die Kindergärtnerin bei ihr angerufen hat. Die hat gesehen, wie ein besorgniserregend aussehender Mann mit ihrer Tochter ins Auto eingestiegen ist. Natürlich hat sie gewusst, dass Herr Kleinfeld sie abholen sollte. Und einen weißen Transporter besitzt er auch. Aber wie ihr die Kindergärtnerin die Person beschrieben hat, hat das nicht der Herr Kleinfeld sein können. Daraufhin wollte sie ihn gleich anrufen. Am Handy ist er jedoch nicht erreichbar gewesen. So hat sie die Klavierstunden bei ihrer Kundin abgebrochen und ist mit viel zu schnellem Tempo zu seiner Wohnung gefahren.

Dort angekommen bleibt sie kurz entschlossen auf dem Behindertenparkplatz stehen. Sie macht sich solche Sorgen, dass sie auf diese kleine Übertretung keine Rücksicht nehmen kann. Dann läuft sie die Treppen hinauf in den zweiten Stock. Sie atmet schwer und ihr Puls rast. Sie betätigt die Glocke.

Als ihr Herr Kleinfeld nach kurzer Zeit die Tür öffnet, findet sie die Beschreibung der Kindergärtnerin dann doch ganz passend. Er sieht furchtbar aus und bei dem Geruch, der von ihm ausgeht, steigt ihr die Übelkeit auf. Da Frau Kampel aber eine Dame mit Niveau ist, versucht sie sich zusammenzureißen und schüttelt ihm freundlich die Hand. Dass er ihr die Wange hinhält, in Erwartung eines Begrüßungskusses, versucht sie höflich zu überspielen. In diesem Augenblick rennt ihr schon die kleine Lisa entgegen. Sie springt ihr in die Arme und umklammert sie mit festem Griff. Herr Kleinfeld steht apathisch daneben. Frau Kampel drückt die kleine Lisa an sich und sieht Herrn Kleinfeld an. Noch ist sie unentschlossen, wie sie sich verhalten soll. Eigentlich mag sie ihn ja recht gerne. Oft sind sie schon zusammen gesessen und haben gemeinsam ein Gläschen Wein getrunken. Ein guter Zuhörer ist er auch immer gewesen. Und dann natürlich die Tatsache, dass er ihr jeden Mittwoch die kleine Lisa abnimmt, damit sie sich mit den Klavierstunden etwas dazuverdienen kann. Irgendwie möchte sie ihm jetzt helfen. Aber nach dem Schock der letzten Stunde hat sie keine Kraft mehr dafür. Sie will sofort mit ihrer Tochter nach Hause. Außerdem ist sie sich sicher, dass Herr Kleinfeld wieder einmal betrunken ist. Und dann hat es ohnehin keinen Sinn, mit ihm zu reden.

Gerade will sie Herr Kleinfeld fragen, ob sie noch einen Moment bleiben will. Frau Kampel hat sich aber schon eine Ausrede zurecht gelegt. Dass die Oma von der kleinen Lisa im Krankenhaus liegt. Das kommt ihr zwar nicht sonderlich originell vor, aber im Lügen ist sie immer schon schlecht gewesen. Also bedankt sie sich noch für das Aufpassen und verabschiedet sich schnell von ihm.

Zu Hause hat sie der kleinen Lisa allerdings noch erklären müssen, warum Lügen in einigen Fällen wohl doch in Ordnung ist.

* * * * *

Dass Herr Kleinfeld furchtbar anzusehen ist, da hat die Frau Kampel sicher recht gehabt. Er war schließlich weder frisiert, noch rasiert. Und die Kleidungsstücke werden nach mehrtägigem Tragen auch nicht unbedingt schöner. Die Sache mit dem Geruch kann man ihr ebenso nicht verübeln. Hat sie doch von Natur aus neben einem guten Gehör auch eine exzellente Nase. Zwar ist ihr ein Hauch von Deodorant aufgefallen, aber unter dem Axe-Effekt hat sie sich doch etwas anderes vorgestellt. Es war viel mehr die Mischung aus alkoholfiltriertem Schweiß und dem rauchigen Odeur seiner Chesterfields, die ihre Nasenknospen empfindlich gestört haben.
Womit sie Herrn Kleinfeld jedoch Unrecht tut, ist der Vorwurf, dass er wieder einmal betrunken ist. Weil er sich ja extra wegen der kleinen Lisa zusammengeris-

sen hat. Seit er aufgestanden ist, hat er noch keinen Schluck Alkohol zu sich genommen. Was sich aber gleich ändern wird.
Er beschließt kurzfristig, dass ein Whisky jetzt ausgezeichnet wäre. Gierig stürzt er sich den Doppelten in einem Zug hinunter. Dasselbe macht er zwei, drei mal hintereinander. Spült sich so seine Enttäuschung weg. Weil er gehofft hat, dass Frau Kampel noch ein wenig bleiben würde. Er hätte nämlich dringend jemanden zum Reden gebraucht. Nicht über die Sache, die ihn nun seit fast einer Woche plagt. Sondern einfach nur jemanden, der da ist. Ihn umarmt. Vielleicht ein paar Zärtlichkeiten austauscht. Das haben Frau Kampel und Herr Kleinfeld schon häufig gemacht, seit sich ihr Mann von ihr getrennt hat. Und war er nicht immer für sie da gewesen, wenn es ihr schlecht gegangen ist. Jetzt geht es ihm schlecht und er hätte sich ein bisschen Zuspruch von ihrer Seite gewünscht. Ja, sogar erwartet. Dann geht sie jedoch einfach. Lässt ihn stehen, wie einen dummen Jungen. Und die Ausrede mit der kranken Großmutter. Zur Enttäuschung gesellt sich Wut und Zorn. Da muss man es schon verstehen, wenn sich der Herr Kleinfeld gleich den nächsten Whisky einschenkt.

Er sitzt wieder einmal am Küchentisch. Die Zigarette im Aschenbecher glimmt vor sich hin und in der Hand schwenkt gedankenverloren ein gut eingeschenkter Doppelter. Immer mehr schleicht sich das Gefühl bei ihm ein, dass er sein Leben nicht mehr unter Kontrolle hat. Wobei Schleichen etwas untertrieben ist.
Seine Finger streichen währenddessen über den schwarzen Mantel des VW-Schlüssels, als könnte dieser Antwort auf die Frage geben, die in seinem

Kopf schwirrt: Wieso ist der Transporter in der Rainerstrasse gestanden? Und für den Bruchteil einer Sekunde glaubt er tatsächlich, sich daran zu erinnern, wie er in der verflixten Nacht von Freitag auf Samstag in diesen verdammten Bus gestiegen ist. Nur ein kurzes Bild taucht in seinem Gedächtnis auf. Doch scheinen seine Synapsen wie eine defekte Zündung zu funktionieren. Denn so kurz die Erinnerung aufflackert, so schnell ist sie wieder weg.

Jetzt ist Herr Kleinfeld noch verwirrter als zuvor. Er weiß nicht, ob dieses Bild wirklich, oder nur eingebildet ist. Was war vorher? Die Henne oder das Ei? Kann er sich tatsächlich daran erinnern, oder glaubt er dies nur, weil es ins Schema passt?
Möglich wäre es alle mal. Denn irgendwelche Promillegrenzen haben ihn noch selten vom Fahren abgehalten. Wobei er bisher jedoch noch immer gewusst hat, wenn er mit dem Auto gefahren ist. Manchmal vielleicht nicht unbedingt wie.

Herr Kleinfeld kippt sich den Rest des Whiskys hinunter und beschließt den Herrn Anzengruber anzurufen. Vielleicht kann dieser ja ein bisschen Licht ins Dunkel bringen. Etwas flau ist ihm schon im Magen, weil er nicht weiß, mit welchen Informationen und Geschichten der Herr Anzengruber herausrücken wird. Nach dreimaligem Läuten hat er ihn am Telefon. Gott sei Dank hat dieser aber nur wenig Zeit. So kann er nur kurz berichten, wie Herr Kleinfeld an besagtem Abend von Runde zu Runde bei dem Trinkspiel immer besoffener geworden ist. So besoffen, dass Herr Anzengruber ihn gar nicht mehr heim gehen lassen wollte. Und weil er irgendetwas von Mädels vor sich

hingemurmelt hat, haben die Herren Anzengruber, Neureiter und Radocek angenommen, er wolle noch ins Irish Pub. Und wenn es so weit ist, weiß man ohnedies, dass Herr Kleinfeld von niemandem aufzuhalten ist.
Auf die Frage, ob ihn denn keiner begleitet hätte, kann Herr Anzengruber nur lachen. Weil die drei, kurz nachdem Herr Kleinfeld gegangen ist, die Würfel genommen und noch ein paar Runden gespielt haben. Bis alle fast genau so betrunken waren wie er. Wie sie dann gegen zwei Uhr in besagtes Lokal gegangen sind, war Herr Kleinfeld jedenfalls nicht mehr dort.
Herr Anzengruber verabschiedet sich mit einem lauten Lachen und verweist auf die nächste Runde. Am Freitag. Um 18.00 Uhr.

* * * * *

Den Anruf hätte sich Herr Kleinfeld sparen können. Zu gerne hätte er gehört, dass ihn seine Freunde schlafend im Lokal entdeckt haben. Viel würde er darum geben, wenn sie sich nun darüber lustig machen würden. Jetzt aber weiß er noch immer nicht, wo er Freitag in der Nacht gewesen ist.
Inzwischen hat sich wieder ein Gefühl der Dumpf- und Dummheit durch die vielen Whiskys in seinem Kopf breit gemacht. Und sein Magen teilt ihm konsequent mit, dass er noch nichts gegessen hat. Nach genauer Betrachtung seiner Finanzen gehen sich überschlagsmäßig noch eine Käsekrainer und ein Bier aus.
Am Würstelstand angekommen will die Verkäuferin bereits zu einem Redeschwall ansetzen. Herr Kleinfeld unterbricht sie aber mit dem Zeigefinger auf den Lippen. Dann bestellt er sein Menü. Gedankenverlo-

ren und lustlos widmet er sich der Nahrungsaufnahme und betrachtet schweigend die Umgebung. Würde man mitschreiben, was er jetzt so denkt, hätte man wahrscheinlich ein leeres Blatt Papier vor sich liegen. Erst der letzte Schluck seines Bieres holt ihn sanft aus seiner Lethargie zurück. Schmerzlich lässt er den heutigen Tag revue passieren: Den Bus, der nicht dort gestanden ist, wo er stehen sollte. Die kleine Lisa, die so erleichtert war, ihre Mutter zu sehen. Frau Kampel, die nicht da war, als er sie brauchte. Und den gut gelaunten Herrn Anzengruber, dessen Lachen ihm wie Hohn noch immer in den Ohren liegt. Irgendwie kommt er sich vor, wie in einem Katastrophenfilm. Wobei die Katastrophe schon lange am wüten ist. Unklar ist aber noch, was sie ausgelöst hat.

Herr Kleinfeld geht, ohne sich von der Würstelverkäuferin zu verabschieden, zum Geldautomaten gegenüber. Geld abzuheben ist für ihn immer ein bisschen ein Lotteriespiel. Er hat keine Ahnung ob und wenn ja, wie viel er noch auf dem Konto hat. Meistens hat er bisher Glück gehabt. Und auch dieses Mal atmet er auf, als die Worte ‚Bitte Betrag eingeben' aufleuchten. Erleichtert steckt er die Scheine in die Hosentasche. Einen Zehner behält er gleich in der Hand. Den braucht er für Zigaretten.

Herr Kleinfeld schaut auf die Uhr. Kurz nach 18.00 Uhr. Es ist ein wunderschöner Sommerabend. Doch die langsam untergehende Sonne lockt ihn nicht. Er beschließt, ein Lokal aufzusuchen. Nur, wie er daherkommt, bleiben ihm nicht viele Alternativen. Er entscheidet sich für das „Herberts". Weil in dieser Kneipe würde ihn keiner auf sein Aussehen ansprechen. Die Gäste dort haben alle ihre eigenen Probleme.

Als er das Lokal betritt, müssen sich seine Augen erst an den Nebel gewöhnen. Den Weg zur Bar kennt er aber auch so. Er setzt sich hinter die Theke und bestellt sich ein Bier. Wie er sich umsieht merkt er, dass sein Kommen keiner registriert hat. An den Tischen sitzen vereinzelt Leute. Jeder hat ein alkoholisches Getränk vor sich stehen und die meisten starren unbeteiligt vor sich hin. In der Ecke hat sich eine Kartenrunde versammelt. Ab und zu hört man einen der Spieler schimpfen. Kaum dringt ein Lachen durch die Nebelwand. Diese scheint jeden Anflug von Spaß oder Freude im Keim zu ersticken.

Man kann nicht sagen, dass sich Herr Kleinfeld hier wohl fühlt. Dennoch aber irgendwie richtig. Ein Gleicher unter Gleichen. Hätte er hier seine Geschichte erzählt, hätte vielleicht einer von ihnen genickt. Ein anderer über die Ungerechtigkeit im Leben den Kopf geschüttelt. Und wieder ein anderer ihm eine Zigarette angeboten. Interessiert jedoch hätte es wohl keinen. Selbst der Wirt starrt in den kleinen Fernseher über ihm und ist froh, wenn er seine Ruhe hat.

So schenkt er dem Herrn Kleinfeld auch recht unwillig die nächste halbe Bier ein, dass man meinen könnte, er müsste dafür bezahlen, dass es überhaupt jemand trinkt. Dem Herrn Kleinfeld ist dies ohnedies egal. Weil Bier ist Bier.

Jetzt hängt er seine Jacke über den Barhocker und setzt sich wieder an die Theke. Im Fernsehen läuft gerade ein Fußballspiel. Es dürfte sich um eine Partie der Salzburger Stiere handeln. Bei der Größe des

Fernsehapparats sieht es aber eher nach einem Match der Ameisen aus.

Wenn ihn Fußball auch sonst sehr interessiert, so hängt er nun doch anderen Gedanken nach. Wieder nestelt er mit den Fingern an seinem Autoschlüssel herum. Vor gut zehn Jahren hat er sich den VW-Bus gekauft. Mit 22 Jahren. Als er noch geglaubt hatte, er hätte eine steile Karriere vor sich. Damals hatte er gerade die Schule für Web und Design mit gutem Erfolg abgeschlossen. Die Welt schien ihm offen zu stehen und er träumte von Erfolg, Luxus und einer Menge Frauen. Nur kurz wäre er bei irgendeiner Firma angestellt gewesen, bevor er dann seine eigene Agentur gegründet hätte. Doch schon im ersten Punkt hatte er sich kräftig geirrt. Die viel versprechende Welt der Kunst und Grafik erwies sich als beinharte Geschäftswelt. Vielfach wurde er aufgrund mangelnder Berufspraxis abgewiesen, bei anderen Stellen wurde ihm ein derartig schlechtes Gehalt angeboten, dass er sich selbst zu stolz dafür war, in diesen Unternehmungen ausgebeutet zu werden. So versuchte er sein Glück nach einiger Zeit gleich mit der Selbständigkeit. Doch so groß seine künstlerischen Fähigkeiten sein mochten, umso geringer war sein Talent, sich selbst zu verkaufen. Er musste einen Kredit aufnehmen, um sein Auto abbezahlen zu können und einen weiteren, um Werbung für seine Firma zu machen. Bis auf ein paar kleinere Aufträge floss jedoch nur wenig Geld wieder auf sein Konto zurück. Den größten Erfolg hatte er mit der Idee, Weinflaschen mit individuellen Etiketten bedrucken zu lassen. Mit diesen Einnahmen konnte er sich aber gerade einmal die Miete leisten. Und um seine Bilder zu verkaufen, fehlten ihm noch der Name und eine Galerie, die sich für ihn einsetzen sollte.

Unter diesen Umständen war er gezwungen, nebenbei noch Hilfsarbeiten anzunehmen, um sich über Wasser zu halten. So schlichtete er Zeitungen, verteilte Gratisproben in Supermärkten oder marschierte in zahlreichen Kostümen verkleidet durch diverse Veranstaltungshallen. Er verlor immer mehr den Glauben an die rosige Zukunft und war er schon zuvor dem Alkohol zugeneigt, so wurde dieser nun zum täglichen Begleiter in seinem Leben. Erst sieben Jahre später erhielt er durch glückliche Umstände einen größeren Auftrag von einer Autofirma, für die er auf einer Messe als Promoter tätig war. Die Firma zahlte ihm seitdem ein annehmbares Grundgehalt dafür, dass er ihre Webseite immer auf dem neuesten Stand hält und ab und zu einen Werbeauftrag für sie erfüllt. Mit diesem fixen Geldfluss und den kleinen Aufträgen nebenbei konnte er sich seitdem mehr schlecht als recht auch ohne der Notwendigkeit von Aushilfsarbeiten von Monat zu Monat über die Runden schleppen.

Mittlerweile ist der Transporter längst abbezahlt. Aber gerade am Anfang hätte er ihn natürlich schnell verkaufen können, um sich nicht mit einem unnötigen Kredit das Leben noch schwerer zu machen. Aber den Bus zu verkaufen hätte auch bedeutet, seinen Traum zu verkaufen. Weil noch immer ist es sein Lebensziel, mit seinen Bildern hinten im Auto von Galerie zu Galerie zu reisen und von den Reichen und den Schönen beachtet und gesponsert zu werden. Und natürlich die vielen hübschen Damen…

* * * * *

Der Blick über die Runde im Lokal reißt Herrn Kleinfeld wieder schmerzlich in die Realität zurück. Der Gegensatz zu den reichen Leuten, die er sich gerade vorgestellt hat und den Menschen, die hier sitzen, könnte kaum größer sein. In seiner geistigen Abwesenheit hat eine Frau an einem unbesetzten Tisch ihren Platz eingenommen. Früher mochte sie einmal hübsch gewesen sein. Ihr Gesicht wirkt aber verbraucht und ist überschminkt. Sie scheint den Fünfziger schon weit überschritten zu haben, ihr wirkliches Alter schätzt er aber knapp über vierzig. Die Kleider sehen billig aus, auch wenn sie das Gegenteil bewirken sollen. Als sich ihre Blicke treffen, lächelt sie ihn an. Dabei entblößt sie eine Reihe schwärzlich, brauner Zähne. Es würde einer Menge Alkohol bedürfen, um sich diese Frau erträglich zu trinken. Dennoch hält er sich die Option offen und lächelt zurück. Dann dreht er sich wieder zum Wirt und bestellt sich noch ein Bier. Und einen doppelten Schnaps dazu.

Herr Kleinfeld weiß eigentlich nicht warum. Aber seine Sucht nach Alkohol ist er nicht mehr losgeworden. Er kann sich kaum daran erinnern, wann er das letzte mal einen Tag komplett nüchtern erlebt hat. Er weiß auch nicht, ob er das überhaupt überleben würde. Lange Zeit hatte er sich dagegen gewehrt und sich seinen Zustand schön geredet. Verleugnet, verdrängt. Irgendwann hat er dann aber resigniert, die Hände gestreckt und sich dem Alkoholismus ergeben. Seitdem hat er auch kein schlechtes Gewissen mehr, wenn er zur Flasche greift.

Er bestellt sich noch eine Bier-Schnaps-Kombi. Und als er sich umdreht, bemerkt er, dass die Frau gar nicht so hässlich ist. Man muss sich ja auch nicht küssen. Wobei Herr Kleinfeld nicht der einzige sein dürfte, dessen Gedanken in diese Richtung gehen. Weil die adrette Dame Tischzuwachs von zwei Gästen bekommen hat.

Herr Kleinfeld schüttelt den Kopf und versucht den zunehmenden Rausch aus seinem Kopf zu vertreiben. Am besten geht dies wohl mit einem weiteren Schnaps. Als der Wirt gerade einschenkt, fällt sein Blick auf die aktuelle Tageszeitung, die hinter dem Tresen liegt. Eine leichte Gänsehaut läuft ihm den Rücken hinunter. Auch das hat er den ganzen Tag lang erfolgreich verdrängt. Die Augen noch immer auf die Neuausgabe gerichtet, nimmt er das Glas entgegen und kippt es in einem Zug hinunter. Bevor sich der Wirt wieder dem Fernseher widmen kann, deutet Herr Kleinfeld mit glasigem Blick auf die Zeitung. Der Lokalbesitzer reicht sie ihm und weil sich ihre Hände schon fast berühren, bekommt er gleich noch einmal das Schnapsglas zur Wiederbefüllung zurück. Als Austausch sozusagen.

Jetzt sitzt er da, der Herr Kleinfeld. Die Zeitung vor sich liegend. Er überblickt noch einmal die Runde im Lokal, als hätte er Angst, dass ihn jemand beim Lesen beobachten könnte. Aber das soll ja in Österreich nicht verboten sein. Und so beachtet ihn auch keiner, als er fast verstohlen den Lokalteil aus der Mitte herausnimmt. Irgendwie hätte er beinahe erwartet, sein Gesicht auf der Vorderseite zu sehen. Da hat in das des Maishofener Bürgermeisters direkt beruhigt.

Er blättert weiter. Auf Seite vier hält er inne. Nun muss er seine Augen schon sehr zusammenkneifen, damit er die Zeilen lesen kann. Mühsam kämpft er sich durch die verschwommenen Buchstaben hindurch und kommt sich ein wenig wie ein Kryptologe vor, der eine neue Schrift entziffern muss. Nach einiger Zeit gelingt es ihm schließlich, den Text einigermaßen zusammenzufügen:

Ermittlungserfolge bei Prostituiertenmord:

Der brutale Mord von vergangenem Samstag beschäftigt nach wie vor die Polizei. Wie bereits berichtet wurde die 34-jährige Prostituierte Maria S., durch 17 Messerstiche tödlich verletzt, im Lehener Park aufgefunden. Nach Auskunft der Polizei konnten in diesem Zusammenhang bereits wichtige Indizien und Spuren sichergestellt werden. Eine Verbindung zum Rotlichtmilieu konnte nicht festgestellt werden. Polizeikommissar Manfred Schriebel zeigt sich optimistisch: „Wir gehen davon aus, dass uns die raschen Ermittlungserfolge innerhalb der nächsten Tage zum vermutlichen Täter führen werden." Genauere Ergebnisse wolle er zu diesem Zeitpunkt allerdings noch nicht bekannt geben.

Die vielen Buchstaben wirbeln dem Herrn Kleinfeld jetzt richtig durch den Kopf. Viel mehr als der Text verwirrt ihn aber das Schwarz-Weiß-Foto, das nebenbei abgebildet ist. Weil irgendwie ist ihm das Gesicht von Maria S. doch recht bekannt vorgekommen.

* * * * *

Hastig schlägt er die Zeitung wieder zu. Um sich das Gesicht nicht länger ansehen zu müssen. Nun könnte man meinen, dass er wieder eine seiner Hitzewallungen bekommen könnte. Aber nichts dergleichen passiert. Im Gegenteil. Herr Kleinfeld spürt, wie langsam die Wut in ihm hochzusteigen beginnt. Wut auf diese verdammte Straßendirne, die ihm die ganze Situation eingebrockt hat. Und als er sich umdreht und die Dame mit den zwei Herren am Tisch sitzen sieht, bildet er sich ein, dass er die Maria S. vor sich hat. Was ein bisschen seltsam ist. Weil die ist ja tot.

Die Frau scheint ihm ihr schönstes Lächeln zu schenken. Wie er aber immer näher kommt und sie seinen hassverzerrten Ausdruck bemerkt, friert ihr das Lächeln im geschminkten Gesicht sofort wieder ein. Herr Kleinfeld packt sie an der Bluse und zerrt sie hoch. Er will gerade ausholen und ihr eine Maulschelle verpassen, da packt ihn plötzlich jemand am Arm. Es ist einer der Tischgenossen der Dame. Und statt dass er eine Ohrfeige verteilt, bekommt er jetzt selbst eine aufs Maul. Rasend vor Wut will er den Schlag erwidern. Aber da ist auch schon der zweite Sitznachbar aufgestanden, um ihm eine einzuschenken. Herr Kleinfeld landet auf dem Boden. Als er wieder aufstehen will, sieht er, wie sich noch andere Gäste erheben und auf ihn zukommen. Das letzte was er noch denkt ist: Die Nacht der lebenden Toten. Dann wird alles um ihn herum schwarz.

Donnerstag

Herrn Kleinfelds Tag beginnt in seinem Bett. Irgendwie hat er das Gefühl, dass er am liebsten gar nicht aufwachen würde. Weil am Vortag etwas geschehen ist, das er noch nicht ganz zuordnen kann. Er will es eigentlich gar nicht wissen. Aber Bild für Bild kommt der gestrige Abend in seine Erinnerung zurück geschlichen. Da hilft auch kein Augen verschließen. Weil die Bilder ja sozusagen im Kopf sind. So nützt der Versuch, sich umzudrehen und die Gedanken zu verdrängen wenig. Im Gegenteil. Weil die Umdrehung im Bett gleichzeitig mit einer Umdrehung in seinem Magen einhergeht. Und wo sich schon alles dreht, hat sich der Kopf gedacht: Da mach ich mit.
Also legt er sich wieder in seine ursprüngliche Ausgangslage zurück. Er versucht an etwas Anderes zu denken. An irgendetwas Schönes. Aber abgesehen davon, dass ihm nichts Schönes einfällt, belagern immer wieder Ausschnitte von gestern das Gehirn. Schleichend beginnt er den Ablauf des Abends nachzuvollziehen. Das Bild der Dame mit den bräunlich schwarzen Zähnen taucht vor seinen geschlossenen Augen auf. Er glaubt sich zu erinnern, auf sie losgegangen zu sein. Dann erscheinen Arme, Fäuste und Schuhe in seinem Gedächtnis. Und danach ein schwarzes Loch. Einige Zeit später sieht er sich vor dem Lokal liegen. Irgendwie rappelt er sich auf und geht in die Richtung seiner Wohnung. So muss er es irgendwie nach Hause geschafft haben.

Diese Gedankengänge dürften ihm viel Kraft gekostet und das Hirn beschließen lassen haben, eine kleine Pause einzulegen. Denn für kurze Zeit verspürt er eine angenehme Ruhe. Doch bevor er noch einmal einschlafen kann, überfällt es ihn wie ein heiterer Blitz. Er schnellt in die Höhe und sitzt aufrecht im Bett. Plötzlich ist die Verbindung wieder da und er erinnert sich, warum er die geschminkte Frau attackiert hat.

Vorerst scheint sein desolater Zustand wie weggeblasen zu sein. Er springt aus dem Bett und läuft zur Haustüre. Nur mit seiner Unterhose bekleidet öffnet Herr Kleinfeld langsam die Türe und schaut auf den Gang hinaus. Dort liegt vor der Nebenwohnung die Post seines Nachbarn, der gerade auf Urlaub in Tunesien ist. Kurz schießt ihm ein, dass er eigentlich dessen Blumen hätte gießen sollen. Aber was ihn jetzt brennender interessiert, ist der Stapel Zeitungen, der neben der Post liegt. Er lauscht noch einmal in den Gang hinein, kann aber keine Geräusche hören. Daher schleicht er sich vor die Wohnung des Nachbarn und durchblättert die Zeitschriften. Als er die Mittwochsausgabe des Salzburger Tagblattes in die Hände bekommt, rennt er schnell wieder in seine Wohnung zurück.

Dort angekommen verschließt er die Türe und breitet die Zeitung auf dem Küchentisch aus. Hastig blättert er die Seiten durch und als er das Foto der Maria S. vor sich sieht, muss er wieder einmal in aller Eile den Weg auf die Toilette antreten.

* * * * *

Der schwarze Mercedes gleitet durch das Viadukt des Bahnhofes und biegt um die Ecke. Im Wagen sitzen zwei stämmige Männer. In Österreich würde man sie wohl als Kraftlackeln bezeichnen. Und das müssen sie wohl auch sein, wenn sie die schweren Goldketten um ihren Stiernacken tragen wollen.

Der Fahrer, Herr Bertl, ist erst seit einem Jahr dabei. Zuvor ist er Kunde gewesen. Heute bekommt er das Geld, das er früher immer ausgegeben hat, doppelt und dreifach zurück. Die zusätzlichen Annehmlichkeiten sind nun ebenfalls in seinem Gehalt mit inbegriffen. Eine steile Karriere, wenn man bedenkt, dass er sich zuvor als Maurer über diverse Teilzeitbeschäftigungsunternehmen mehr schlecht als recht über Wasser halten konnte.

Sein Beifahrer, der Herr Vladimir ist hingegen schon ein alter Haudegen in der Branche. Wobei er eigentlich nicht Vladimir, sondern Heinz-Harald heißt und in Wien-Simmering geboren ist. Nur mit diesem Namen kommt man in dem Geschäft nicht weit. So hat er sich die Geschichte vom gebürtigen Kirgisen ausgedacht, der nach einigen gewagten Aktionen sein Land fluchtartig verlassen musste und deshalb in Wien untergetaucht ist. Mit der Tatsache, dass in Österreich kaum jemand weiß, wo Kirgisien überhaupt liegt, geschweige denn wie jemand aus Kirgisien aussieht, ist er damit bis jetzt auch ganz gut durchgekommen. Und weil er mehrmals die Woche ins Solarium geht und sich einen verwegenen Schnurrbart hat wachsen lassen, könnte er ja durchaus ein Kirgise sein.

Die beiden Männer arbeiten erst zum dritten Mal zusammen und verstehen sich dennoch fast blind. Während Herr Bertl aber hauptsächlich als Fahrer und

Begleiter eingesetzt wird, hat sich Herr Vladimir bereits in ganz Österreich einen Namen gemacht. Er lässt sich daher lieber kutschieren, als sich selbst hinters Steuer zu setzen.

Ein derartiger Auftrag wie heute ist zwar nichts Alltägliches, aber auf der anderen Seite auch nichts Außergewöhnliches. Und obwohl es natürlich Arbeit ist, überwiegt dennoch mehr die Freude daran, da es den sonstigen Alltagstrott einmal vergessen lässt.

Zielsicher steuert Herr Bertl den Mercedes zur Auftragsadresse und manövriert ihn gekonnt in eine Parklücke. Dann steigen die beiden aus und richten sich seelenruhig den Armanianzug, bevor sie das Gebäude betreten. Im zweiten Stock angekommen überblicken sie zuerst die Situation. Da es im Hause ruhig zu sein scheint, suchen sie nach der richtigen Türklingel. Beim Namen „Kleinfeld" bleiben sie schließlich stehen.

* * * * *

Während Herr Bertl gerade sein Werkzeug auspacken will, hat Herr Vladimir die Türe schon geöffnet. Nicht weil er sich etwa aufs Aufbrechen besser versteht. Sie ist ganz einfach nicht abgesperrt. Gemächlich, als würden sie schon erwartet werden, spazieren die beiden in die Wohnung und sehen sich um. Lange müssen sie nicht suchen, denn ganz in der Nähe hören sie einen Würgelaut. Als sie dem Geräusch nachgehen und den Mann auf der Toilette entdecken, glauben sie, dass ihnen schon irgendwer zuvor gekommen ist.

Den Kopf über die Muschel gebeugt kauert Herr Kleinfeld am Pissoir. Erst nachdem sich der Herr Bertl räuspert, wird er auf die beiden aufmerksam. Sein bleiches Gesicht starrt die Herren ungläubig an. Sein linkes Auge ist geschwollen und zeigt ein buntes Farbspiel zwischen Gelb, Rot und Blau. Die Lippen sind aufgeplatzt und am rechten Ohr klebt noch Blut. Während Herr Bertl verwundert vor sich hinblickt, reagiert Herr Vladimir blitzschnell. Noch bevor Herr Kleinfeld einen Mucks sagen kann, ist er schon bei ihm und drückt seinen Kopf in die Muschel. Dass er damit dessen Besitzer in seinen ehemaligen Mageninhalt tunkt, scheint ihn dabei nicht zu stören. Ordnungsgemäß betätigt er dann die Spülung. Wobei Herrn Kleinfelds Kopf noch immer in der Toilette steckt. Danach reißt ihn der bullige Kerl an den Haaren nach oben. Mit einem Fingerzeig bedeutet er seinem Kollegen, das Wasser in der Dusche aufzudrehen. Weil, bei aller Liebe zum Beruf, verprügelt er dann doch lieber einen sauberen Kunden, als einen derartig dreckigen. Bevor er Herrn Kleinfeld unter das eiskalte Wasser hält, führt Herr Vladimir den Zeigefinger zu den Lippen, um ihm zu signalisieren, dass lautes Geschrei bei dieser Prozedur fehl am Platze ist.

Herr Kleinfeld ist nach der kalten Dusche hellwach. So weit man das sagen kann, wenn man sich wie in einem üblen Traum fühlt. Auf die Anweisungen des offensichtlichen Chefs der beiden hin zieht er sich frische Wäsche an. Irgendwie hatte er sich immer vorgestellt, dass bei solchen Aktionen der Verbrecher mit der Pistole neben einem steht. Aber gleichzeitig weiß er, dass solche Vorkehrungen gar nicht nötig sind.

So geht er wie ein gescholtenes Kind in die Küche. Dort sitzen die beiden Herren gemütlich am Tisch und haben sich ein Fläschchen Wein geöffnet. Vor ihnen liegt die Zeitung von Mittwoch. Genau auf der Seite aufgeschlagen, wie sie Herr Kleinfeld liegen hat lassen, bevor er auf die Toilette gerannt ist. Mit einem fast väterlichen Blick bedeutet ihm Herr Vladimir hinzu zu kommen. Herr Kleinfeld gehorcht und blickt dabei wie ein Hund, der gerade auf den Teppichboden geäußerlt hat. Herr Bertl bringt ihm einen Stuhl, um sich zu setzen. Sein Kollege packt ihn sanft am Kinn und befiehlt ihm, den Artikel laut vorzulesen:

Ermittlungserfolge bei Prostituiertenmord:

Der brutale Mord von vergangenem Samstag beschäftigt nach wie vor die Polizei. Wie bereits berichtet wurde die 34-jährige Prostituierte Maria S., durch 17-Messerstiche tödlich verletzt, im Lehener Park aufgefunden. Nach Auskunft der Polizei konnten in diesem Zusammenhang bereits wichtige Indizien und Spuren sichergestellt werden. Eine Verbindung zum Rotlichtmilieu konnte nicht festgestellt werden. Polizeikommissar Manfred Schriebel, zeigt sich optimistisch: „Wir gehen davon aus, dass uns die raschen Ermittlungserfolge innerhalb der nächsten Tage zum vermutlichen Täter führen werden." Genauere Ergebnisse wolle er zu diesem Zeitpunkt allerdings noch nicht bekannt geben.

Nachdem er dies mit heiserer Stimme getan hat, streichelt ihn Herr Vladimir sanft über den Hinterkopf und bittet ihn, noch einmal den zweiten Satz zu lesen. Kaum hat Herr Kleinfeld dies getan, spürt er einen kurzen Ruck und wieder wird es schwarz um ihn herum.

* * * * *

Als Herr Kleinfeld wieder zu Bewusstsein kommt, liegt er mit dem Kopf auf dem blutverschmierten Zeitungsartikel. Noch immer sickern Tropfen der roten Flüssigkeit aus seiner Nase. Verschwommen sieht er die Gesichter seiner beiden Peiniger. Alles andere als verschwommen sehen hingegen diese ihn. Und wie er seine Augen weiter öffnet, sieht er schon wieder eine Hand auf sich zukommen.

Dieses Mal verspürt er aber nur ein leichtes Brennen auf der rechten und der linken Wange. Weil der Herr Bertl mit sanften Ohrfeigen versucht, ihn endgültig aus seiner Bewusstlosigkeit herauszuholen. Nachdem Herr Kleinfeld langsam wieder zu sich kommt, mustert ihn der Herr Vladimir von oben bis unten. Fast als würde er Anteil an seinem Schicksal nehmen, teilt er ihm mit, dass es gleich vorbei sei. Zuvor müsse er aber noch eine kleine „Erinnerungshilfe" dafür bekommen, für das, was er getan hat. Und eine „Vergessenshilfe", für das, was in der letzten Stunde passiert ist. Damit es allerdings nicht ganz so schmerze, haben die beiden gütigerweise beschlossen, ihm die Sache etwas zu erleichtern. Bei diesen Worten öffnet der Herr Bertl eine Flasche besten Whiskys, zwingt Herrn Kleinfelds Kopf in die Rücklage und steckt ihm den Flaschenhals in den Rachen. Mit gurgelnden Lauten brennt sich ein guter Teil des erlesenen Tröpfchens in seinen Magen. Ein weiterer Teil hingegen rinnt unverbraucht die Wangen entlang über den Hals in seinen Hemdausschnitt bis hin zu seinem Bauchnabel. Erst als die Flasche leer ist, setzt Herr Bertl ab.

Herr Kleinfeld beginnt heftig zu husten und mehrmals stößt ihm der Whisky auf. Die Augen tränen ihm und seine Gedärme fühlen sich an, wie vor einem Vulkanausbruch. Doch bereits nach weniger als einer viertel Stunde breitet sich ein wohliges Gefühl des Besoffenseins in ihm aus. So lässt er sich brav das Stückchen Holz aus seiner Diele zwischen die Zähne schieben und beobachtet unbeteiligt, wie Herr Vladimir zu einem scharfen Messer greift. Erst als dieser seine linke Hand auf den Tisch legt und mit einem gezielten Hieb den Zeigefinger abtrennt, steigen ihm die Tränen wieder in die Augen und seine Zähne verbeißen sich im Holz. Wie von weit her hört er das Wort „Erinnerung". Dann noch „Vergessen".
Ob der fürs Vergessen nun der Mittel- oder der Ringfinger ist, kann er nicht mehr sagen. Denn in diesem Moment hat ihn die Ohnmacht vorerst erlöst.

* * * * *

Nachdem sie den geschundenen Körper ins Bett gelegt haben, tätschelt ihm Herr Vladimir noch das Gesicht. Es ist ja schließlich nichts Persönliches gegen den Herrn Kleinfeld, warum sie ihm eine kleine Abreibung haben verpassen müssen. Aber ihr Arbeitgeber mag es nun mal nicht, wenn ein Kunde einfach eine seiner Prostituierten um die Ecke bringt. Auch wenn die Maria eh schon lange verbraucht war und selbst für den Job auf der Strasse nicht mehr lange getaugt hätte. Aber Prinzip ist Prinzip. Und da muss man schon einmal ein Exempel statuieren, dass so etwas nicht wieder vorkommt.

Gemütlich gehen sie wieder in die Küche und trinken den Wein aus. So ein gutes Gläschen bekommt man schließlich nicht alle Tage. Herr Vladimir steckt derweilen die beiden abgetrennten Finger in eine Plastiktüte. Seit der Fußballeuropameisterschaft im letzten Jahr hat sich das irgendwie zu einem Tick entwickelt. Weil während andere Leute Aufkleber sammeln, ist er mit zwei Spezln aus Wien darauf gekommen, dass sie doch eigentlich auch Finger sammeln könnten. 13 Stück hat er mittlerweile in Gläsern eingelegt in seinem Keller aufbewahrt. Fröhlich mustert er den durchsichtigen Plastikbeutel. In dem Fall ist vielleicht sogar einer zum Tauschen dabei.

Jetzt waschen sich die beiden die Hände und spazieren seelenruhig zu ihrem Auto zurück. Sie streichen sich noch ihre Armanianzüge glatt, bevor sie in den Mercedes steigen und zufrieden ihres Weges dahin gleiten.

* * * * *

So eine Vier-Sterne-Ohnmacht ist schon etwas Feines. Blöd nur, wenn man wieder nach Hause kommt.

So ungefähr ist es dem Herrn Kleinfeld vorgekommen, als er langsam aufgewacht ist. Wobei mit jedem Moment der Wiedereingliederung in die bewusste Welt die Schmerzen ein bisschen zugenommen haben. Fast müsste man sogar meinen, dass sie linear weiter gestiegen sind, selbst als Herr Kleinfeld, medizinisch betrachtet, schon voll da war. Und wie er so mit seinem geschwollenen Gesicht, das in den buntesten Farben schimmert, mit schmerzverzerrter Fratze versucht auf seine linke Hand zu schielen, könnte man meinen der Krampus habe heuer schon im Sommer seinen Einzug gehalten.

Dass er sich nicht so ohne weiters im Bett aufstützen kann, wird ihm gleich einmal klar. Deswegen versucht er zuerst seine linke Hand zu heben. Als ihm dies gelingt, spiegelt sich in seinem Gesicht Verwunderung. Er hat sich ja schon gefragt, warum er im Bett und fein zugedeckt aus seiner Bewusstlosigkeit erwacht ist. Aber was er da sieht ist fast schon unglaubwürdig. Hat er sich beim Anblick seiner Hand auf ein blutiges Massaker eingestellt, schaut er nun auf ein professionell bandagiertes Werk. Zugegeben nur mit drei Fingern. Aber ordentlich verbunden.

Was Herr Kleinfeld natürlich nicht weiß, dass Herr Bertl ausgebildeter Sanitäter ist. Er ist Aktiver beim freiwilligen Roten Kreuz. Und wenn man schon Leute gesehen hat, die sich bei einem schweren Verkehrsunfall zweigeteilt haben, geographisch gesehen, dann ist so eine kleine Operation nicht der Rede wert. Die erste war es schließlich auch nicht, hat er doch schon nach mehreren chirurgischen Eingriffen des Herrn Vladimir eine Hand verarzten müssen. Doch Professionalität des Herrn Bertl hin oder her, den Herrn Kleinfeld hat es einfach nur gewundert.

Leider hilft aber so eine Art von Wundern in diesem Falle nicht weiter. Daher hat sich der Schmerz wieder in sein Gehirn gebohrt. Um sozusagen sein Recht auf Existenz durchzusetzen. Und wenn die Hand von außen recht nett aussieht, so brennen die beiden Stümpfe unter dem Verband nun umso mehr, als würden sie durch den Verband hindurch nach den fehlenden Gliedern suchen.

Suchen will Herr Kleinfeld jetzt auch etwas. Nicht aber die fehlenden Finger, die, wie er weiß, nach so langer Zeit ohnedies hoffnungslos verloren sind. Vielmehr will er sich noch einmal einer Whiskytherapie unterziehen. Als er jedoch mühsam aufsteht, entdeckt er auf seinem Nachttisch eine Packung Schmerztabletten. In seiner Wohnung hat er diese noch nie gesehen. Und er wird immer unsicherer, ob ihn brutale Schlägertypen oder nicht doch die barmherzigen Brüder heimgesucht haben.

Wie er sich ein Glas Wasser einschenkt und die Schmerzlinderer aus der Packung nehmen will, kommt er sich schon jetzt vor wie ein Krüppel. Mühsam nestelt er mit der rechten Hand zwei Tabletten heraus, nimmt sie in den Mund und spült sie mit einem ordentlichen Schluck Wasser nach. Dann setzt er sich und überlegt, was er nun tun soll. Im Endeffekt kommt er auf drei Möglichkeiten, die er an seiner linken Hand abzählen kann. Erstens: Er geht zur Polizei und meldet den Vorfall. Diesen Gedanken verwirft er allerdings gleich wieder, nachdem sein Blick auf den blutbefleckten Zeitungsartikel fällt. Ähnlich geht es ihm mit der zweiten Alternative: Sich ins Krankenhaus zu begeben. Denn wenn es dumm hergeht, melden die Verantwortlichen dort den Fall ebenfalls der Polizei. Und wie sollte man plausibel erklären, warum einem plötzlich zwei Finger fehlen. So ganz nebenbei hat er natürlich auch nicht die beiden Herren vergessen, die die ganze Misere verursacht haben. Noch einmal würden sie ihn wohl nicht so glimpflich davonkommen lassen. Und mit sorgenvollem Blick auf seine Unterhose entscheidet er sich für die dritte Alternative: Das ganze alleine durchzustehen. Vielleicht würde ihm ja in ein paar Stunden oder Tagen noch die eine oder andere gute Ausrede über den Weg laufen.

Um seinen Entschluss zu bekräftigen, will er gleich mit der Whiskytherapie beginnen. Nachdem dieser zum großen Teil aber schon in seinem Magen verweilt, versucht er es eben mit einer Wodkasitzung. Wirkungstechnisch dürfte es wohl auf denselben Effekt hinauslaufen. So schenkt er sich also ein gutes Glas des russischen Lebenselixiers ein, um den ersten Schluck fast zu erbrechen. Mit einem Spritzer Leitungswasser rutscht es dann doch besser. Jetzt zündet er sich eine Zigarette an und bedauert, dass er seine linke Hand nicht als Halterung benutzen kann.

Langsam fangen die Tabletten und die Individualtherapie zu wirken an und die Schmerzen lassen ein wenig nach. Da sein Gehirn aber nun nicht mehr auf den Schmerz konzentriert ist, beginnt Herr Kleinfeld sich doch einige Fragen zu stellen. Wie und was passiert ist kann er sich mittlerweile zusammenreimen. Aber das Warum verursacht ihm noch Kopfschmerzen. Zusätzlich zu denen der Tabletten und des Alkohols. Wie, fragt er sich, kamen die beiden Zuchtbullen auf seinen Namen und seine Adresse? Mit der Polizei hätte er ja vielleicht gerechnet. Aber mit zwei Kerlen aus der Unterwelt? Sein Blick fällt erneut auf die Zeitung. Das Datum zeigt das von Mittwoch an. So weit er sich allerdings erinnern kann ist heute Donnerstag. Noch immer halb nackt beschließt er ein weiteres Mal Nachbars Wohnung einen Besuch abzustatten. Sonderlich vorsichtig ist er jetzt nicht mehr. Die Wahrscheinlichkeit, am Nachmittag jemanden auf dem Gang zu treffen, ist auch nicht allzu hoch. Und der

Nachbar, Herr Grubinger, kommt erst am Sonntag aus seinem Tunesienurlaub zurück. So greift er sich unbemerkt die Donnerstagszeitung vom Stapel und geht wieder in seine Wohnung. Dort nimmt er den Lokalteil heraus und durchkämmt sorgfältig die Berichte. Auf Seite vier wird er schließlich fündig. Es handelt sich nur um einen kurzen Artikel ohne Abbildung. Wie ein Verbrecher, der seinen Schuldspruch abwartet, liest er gefasst die Zeilen:

Prostituiertenmord vor Aufklärung?

Der Mord an der Prostituierten Maria S. vom vergangenen Samstag steht möglicherweise vor der Aufklärung. Nach Informationen der ermittelnden Beamten konnten aufgrund von Lackspuren am Tatort Hinweise auf das vermutliche Fluchtfahrzeug festgestellt werden. Es handle sich dabei um einen weißen Transporter der Marke VW, Bj. 1995-99. Polizeikommissar Manfred Schriebel dazu: „Unser Hauptaugenmerk liegt darin, den Fahrer dieses Fahrzeugs ausfindig zu machen. Da es sich um einen recht gebräuchlichen Fahrzeugtypen handelt, ist ein weiteres Ermittlungsteam zur rascheren Auffindung hinzugezogen worden. Vorerst werden alle in Salzburg angemeldeten Transporter und deren Besitzer überprüft. Sollte das Fluchtauto nicht identifiziert werden können, sind bereits Vorkehrungen getroffen worden, die Suche national und wenn nötig auch international auszuweiten".

Herr Kleinfeld kippt sich ein großes Glas Wodka hinunter, zieht sich vorsichtig an und legt sich eine dünne

Jacke über die linke Hand. Dann verlässt er seine Wohnung.

* * * * *

Woher die beiden Schlägertypen die Informationen hatten, glaubt Herr Kleinfeld nun zu wissen. Aber konnte es sein, dass die Unterwelt schneller reagiert als die Polizei? Vielleicht ist dies gar nicht so weit hergeholt. Einige Filme über die Mafia hat er sich ja schon angesehen. Diese spielten jedoch zumeist in Italien oder in Amerika. Ein Glucksen im Magen erinnert ihn daran, dass man Russland in dem Zusammenhang nicht vergessen sollte. Bis zu dem Zeitpunkt hat er es aber noch nicht für möglich gehalten, dass dies auch in Österreich so sein könnte.
Derart in Gedanken versunken biegt er in die Haydngasse ein. Dort hat er am Mittwoch sein Auto geparkt. Als er die kleine Lisa vom Kindergarten abgeholt hat. Bitter wird ihm bewusst, dass von ihr und Frau Kampl seit dem nicht einmal ein Anruf eingegangen ist. Doch ist dies wohl seine geringste Sorge.
Unbewusst verlangsamt er seine Schritte je näher er seinem Wagen kommt. Doch allein die stetige Vorwärtsbewegung reicht aus, dass er schließlich vor dem Transporter steht. Bis jetzt hat er sich noch ein Fünkchen Hoffnung aufbewahrt. Den Keim der Unschuld in sich getragen und durch die Macht der Verdrängung geschützt. Aber der Anblick des lädierten Kotflügels und des abgeplatzten Lacks lässt das fragile Schutzgebilde in sich zusammen fallen. Jetzt ist endgültig, was er schon seit Samstag weiß.
Fast zärtlich streicht er mit der rechten Hand über die fehlerhafte Stelle, als wolle er damit den Schaden

wegwischen. Dann setzt er sich auf den Bürgersteig und schlägt die Hände vors Gesicht.

* * * * *

Ein leichtes Tippen an der Schulter lässt ihn aufschauen. Er blickt direkt in das Gesicht eines jungen Mädchens. Zuerst sieht man ihr die Unsicherheit an. Dann fragt sie ihn aber doch, ob es ihm nicht gut gehe. Herr Kleinfeld ringt sich mühsam ein Lächeln ab und schüttelt den Kopf. Er steht auf und streicht dem Mädchen übers Haar. Dann geht er gedankenverloren von dannen.
Vor seinem Hauseingang angekommen, beschließt er, die Wohnung nicht mehr zu betreten. Er hat Angst, dass ihn die Polizei bereits erwarten könnte. In seinem Kopf herrscht Chaos und alles scheint zu verschwimmen. Er fühlt sich unfähig einen klaren Gedanken zu fassen. Als er am Geldautomaten vorbeikommt steckt er mehr instinktiv als berechnend seine Karte hinein. Einmal mehr beginnt die Lotterie. Doch obwohl er dem Schlitz zweihundert Euro entnehmen kann, kommt kein Gefühl der Freude auf. Dann dreht er sich um und schlürft langsam in Richtung Herberts. Warum es Herrn Kleinfeld gerade dorthin zieht ist schwer zu sagen. Vielleicht hat er das Gefühl, sich ein paar aufs Maul verdient zu haben.

Doch als er das Lokal betritt, ist alles so wie immer. Durch die Nebelwand dringt dieselbe gedrückte Stimmung wie am Vortag. Der Wirt starrt wie gewohnt in den Fernsehapparat und das Auftauchen Herrn Kleinfelds scheint ihn nicht im Geringsten zu stören. Ohne auch nur irgendeine Reaktion auf das

zerschundene Gesicht Herrn Kleinfelds zu zeigen, reicht er ihm das bestellte Bier. Über Herrn Kleinfelds linker Hand hängt noch immer seine Jacke und mühsam fingert er mit der rechten einen Hunderter hervor. Geistesabwesend gibt der Wirt ihm das Restgeld, bevor er sich wieder dem Sportkanal widmet.
Als sich die Augen von Herrn Kleinfeld akklimatisiert haben, entdeckt er durch den Rauch das Fräulein vom Vortag an einem der Tische sitzen. Sie blickt ihn geradewegs an und ein Lächeln umspielt ihre Lippen. Ihr Gesichtsausdruck wirkt aber nicht freundlich, sondern vielmehr verächtlich. Und wie sie sich eine Zigarette zwischen die fauligen Zähne schiebt, sieht sie aus wie weit über sechzig.
Herrn Kleinfeld überkommt plötzlich das Gefühl, nicht einmal hier her zu gehören. Hastig leert er sein Bier in einem Zug und stürzt aus dem Lokal. Gefolgt von den schadenfrohen Blicken der erwähnten Dame.

Der Abend neigt sich langsam dem Ende zu. Will er sich etwas zu Trinken besorgen, muss er sich schon beeilen. Kurz vor Ladenschluss schafft er es gerade noch. Unfreundlich blicken die Angestellten ihrem letzten Kunden nach, wie er zielsicher zur Getränkeabteilung geht, sich dort einen Doppelliter Weißwein aus dem Regal nimmt und sich zur Kassa begibt. Umständlich zieht er das nötige Geld aus der Tasche und verschwindet zum Ausgang. Die Angestellten atmen auf und sperren den Supermarkt ab. Dieser Kunde hat, wenn schon nicht nach Ärger, doch zumindest übel gerochen.

*****

Herrn Kleinfeld sind die starrenden Blicke nicht entgangen. Er muss auch furchtbar anzusehen sein. Noch furchtbarer aber fühlt er sich.

Über seiner linken Hand hängt noch immer die Jacke. Die rechte Hand umschließt verkrampft die Dopplerflasche. Träge versucht sein Geist ihm irgendeine Richtung vorzugeben. Schritt für Schritt überquert er den Müllner Hügel in Richtung Markartsteg. Er hat jegliche bewusste Kontrolle über seine Bewegungen verloren und die Zeit scheint in unendlicher Langsamkeit an ihm vorbei zu schleichen.

Während die Sonne ihren Untergang vorbereitet, scheint er dem seinen entgegen zu gehen. Schließlich landet er auf der linken Seite der Salzach. Ein Stückchen schafft er es noch Richtung Innenstadt, bevor er auf einer Parkbank niedersinkt. Nach einer kurzen Pause greift er in seine Hosentasche und holt sich Zigaretten und Feuerzeug heraus. Mit zittrigen Händen zündet er sich eine an. Dann versucht er ungeschickt den Wein zu öffnen. Er fixiert die Flasche zwischen seinen Schenkeln und schließlich gelingt es ihm mit Hilfe des Feuerzeuges den Kronkorken zu entfernen. Gierig nimmt er einen Schluck. Dann lässt er die Flasche sinken und starrt auf den Fluss.

Ungeachtet der Dinge, die vor sich gehen, nimmt die Salzach ihren Lauf. Ähnliches scheint in Herrn Kleinfeld vorzugehen. Denn so wie der Damm der Verleugnung zusammengebrochen ist, öffnen sich die Schleusen seiner Erinnerung und brechen wie Sturzbäche über ihn herein. Flutartig tauchen die Bilder von vergangener Samstagnacht in ihm auf.

Er sieht sich selbst, wie er vor seinem VW-Bus steht. Sturzbetrunken und durch die Wirkung des Alkohols in seiner sexuellen Erregung bestärkt. Umständlich hantiert er mit dem Schlüssel am Türschloss und steigt ein. Die Fahrt selbst bleibt ihm verborgen. Ein nächstes Bild dringt in seine Erinnerungen. Er ist beim Lehener Park. Steigt aus dem Auto und geht zu Maria S. Er spricht mit ihr, hört aber keine Stimmen. Dann nimmt er sie beim Arm und führt sie zum Bus. Sie legt sich dort auf den Hintersitz und hebt ihren Rock. Er liegt auf ihrem Körper. Ihr Gesicht direkt vor seinem. Er scheint die rhythmischen Bewegungen fast zu spüren. Er schwitzt. Er hört sich schreien. Sieht aber nichts. Seine Fäuste tauchen auf. Plötzlich rinnt eine dicke Flüssigkeit aus dem Mund der Hure. Das Gesicht unter ihm wird zur Fratze. Es ist blutüberströmt. Ihr Mund reißt auf zu einem Schrei.

Dann plötzlich ist die Erinnerung weg.

* * * * *

Mit verzerrtem Gesicht fährt er auf. Ein stechender Schmerz durchzuckt seine linke Hand. Der Geruch nach verbranntem Fleisch steigt ihm in die Nase. In einer ersten Reaktion schlägt er mit der rechten Hand auf die Glut ein. Der Schmerz wird nun schier unerträglich und raubt ihm den Atem. Ein Brüllen zerreißt die Stille. Vögel schwirren in den Himmel und lassen sich in sicherer Distanz wieder nieder. Ein Hund bellt und wird von seinem Herrchen an der Leine fortgeschleift. Einer Passantin entkommt ein schriller Schrei. Ein Radfahrer weicht ihr im letzten Moment aus. Dann ist es vorbei. So schnell alles passiert, so schnell erkämpft sich die Idylle wieder ihr Wegerecht in dieser lauschigen Allee am Fluss.

Er atmet schwer. Versucht die frische Luft in gleichmäßigen Zügen in seine Lunge zu pumpen. Langsam beruhigt sich sein Körper und auch das Pochen aus den Schläfen verzieht sich in eine Ecke des Gehirns, wo es versucht, gleichmäßig weiter zu schlagen. Herr Kleinfeld wischt sich mit einem Ärmel die Tränen aus den Augen. Doch dauert es noch einen Moment, bis er mit klarem Blick erkennt, wodurch der Schmerz entstanden ist.

Als ihn die Erinnerungen überfallen haben, muss er es unbewusst geschafft haben, seine Zigarette gewohnheitsgemäß in der linken Hand zu halten. Genauer gesagt zwischen den beiden Stümpfen seiner linken Hand. Dabei dürfte er nicht gespürt haben, wie die Glut den Verband versengt hat. Denn wo zuvor die Wunden noch sauber verdeckt waren, starrt ihm jetzt eine verbrannte Fleischwunde entgegen.

Mit einem Ausdruck von Ekel und einem Gefühl der Übelkeit blickt er auf den schwarz roten Hautlappen, der sich über die Mullbinde wölbt. Und doch empfindet er auch Dankbarkeit. Dankbarkeit darüber, dass ihm der damit verbundene Schmerz die letzten Erinnerungsfetzen erspart hat. Erinnerungen, die wohl wesentlich schmerzhafter gewesen wären. Und da ist ihm der Fetzen Haut dann doch lieber als der der Erinnerung.

Dennoch hält er diesem Anblick nicht lange stand. Denn wie immer arbeiten Körper und Geist eng zusammen. Und je länger er die Wunde anschaut, desto stärker meldet sich wieder der Schmerz. Doch die Möglichkeiten der ersten Hilfe, wie Herr Bertl sie hatte, stehen Herrn Kleinfeld nicht zur Verfügung. So steckt er kurz entschlossen sein T-Shirt zwischen die

Zähne und reißt ein Stück des Stoffes inmitten heraus. Ungeschickt legt er es über die Wunde. Da es ihm aber unmöglich scheint, die beiden Enden miteinander zu verknüpfen, steckt er sie behutsam unter den Mull.
Erschöpft lehnt er sich auf der Parkbank zurück. Seine Augen schweifen über den Himmel. Dort streiten Sonne und Mond gerade um ihren Platz am Firmament. Wobei der Mond wahrscheinlich gewinnen wird.
Dann gleitet sein Blick über den Fluss hin zum Gehsteig. Erstmals registriert er die Passanten, die bewusst wegsehen und ihn doch anstarren. Fußgänger, die ihre gerade Linie für kurze Zeit verlassen, um einen fein geschwungen Bogen um ihn zu machen. Ob es sein Aussehen ist, oder das unbestimmte Gefühl, einen Mörder vor sich zu haben, ist Herrn Kleinfeld nicht ganz klar. Klar ist ihm aber, dass er sich heute Abend noch einmal so richtig betrinken wird.

* * * * *

Drei Stunden später ist die Doppelliterflasche Weißwein so gut wie leer. Ebenso der Kopf von Herrn Kleinfeld. In dieser Zeit hat er zwar versucht darüber nachzudenken, was nun zu tun sei. Ob er sich der Polizei stellen, oder versuchen soll, unterzutauchen. Doch unfähig einen klaren Gedanken zu fassen, ist die Entscheidung immer der Griff zur Flasche gewesen. Jetzt schüttet er noch den letzten Schluck des billigen Fusels in sich hinein. Dann schwenkt er das leere Gefäß vor seinen blutunterlaufenen Augen und stellt fest, dass er noch Nachschub braucht. Seine Finger krallen sich in das Holz der Parkbank und umständlich richtet er sich auf. Die Landschaft um ihn herum verschwimmt, doch weisen ihm die Lampen der Allee die Richtung. Mit kleinen Schritten wankt er in Richtung der nächsten Würstelbude. Mehrmals strauchelt er und muss die gesamte Breite des Gehweges ausnutzen, um nicht zu stürzen.

Es ist kurz nach 23.00 Uhr. Muss es wohl so sein. Weil die Würstlprinzessin schon am Zusperren ist. Aus Erfahrung weiß Herr Kleinfeld, dass er von der Besitzerin wohl keinen Alkohol mehr bekommen wird. Gierig nach dem nächsten Schluck beginnt er daher die Gegend nach Resten zu erkunden. An der Hinterseite des mobilen Verkaufswagens entdeckt er schließlich eine Gruppe Jugendlicher, die sich noch rechtzeitig ein paar Flaschen Bier besorgt haben. Da sein Drang nach der Befriedung seines Durstes dermaßen groß ist, versucht er die jungen Leute anzusprechen. Doch die Worte, die er sich im Kopf schon zurecht gelegt hat, kommen ihm nur lallend und unverständlich über die Lippen. Zitternd zeigt er daher auf eine der Bierflaschen. Die drei Burschen und das Mädchen reagieren aber nur mit abschätzigen Blicken und unflätigen Beschimpfungen. Unsicher wankt Herr Kleinfeld von dannen und lehnt seinen behäbigen Körper etwas abseits der Gruppe an ein Geländer. Er beobachtet die grölenden und lachenden Jugendlichen und betrachtet immer wieder sehnsüchtig das Bier, das vor ihnen steht. Ab und zu bemerkt er einen Blick, der auf ihn geworfen wird. Ansonsten wird er aber wenig beachtet.
Nach einiger Zeit treten die drei Burschen aus, um sich zu erleichtern. Das Mädchen folgt ihnen in kurzem Abstand. Herr Kleinfeld beschließt, diese Situation zu nutzen und bewegt sich so schnell wie möglich

zur hinteren Theke des Würstelstandes. Vorsichtig mustert er die Jugendlichen. Als er das Gefühl hat, unbeobachtet zu sein, greift er sich wahllos eine Flasche Bier. Doch hat er das Mädchen vergessen. Er sieht noch ihren Zeigefinger in seine Richtung deuten. Glaubt etwas wie das Wort ‚Penner' zu verstehen. Dann geht alles sehr rasch. Er registriert, wie die Burschen im Gehen noch an ihren Hosen herumhantieren. Er will sich umdrehen und wegrennen. Abgesehen davon, dass ihm der Zustand seines Körpers dies nicht erlaubt, spürt er nach wenigen Schritten bereits eine Hand auf seiner Schulter. Diese reißt ihn unsanft um hundertachtzig Grad herum. Doch hält sie ihn auch, denn sonst wäre er wohl gestürzt. Er blickt in die Augen des größten der drei Burschen. Dessen mächtige zweite Hand packt ihn nun unsanft an seinem T-Shirt. Er wird in Richtung Allee gestoßen, wo es dunkler ist. Den folgenden Vorgang vermeint er zu kennen. Denn plötzlich fühlt er, wie seine Unterlippe erneut platzt und der Geschmack von Blut sich unter den des Alkohols mischt. Er versucht die Frage zu beantworten, ob er ein Problem habe. Das Lallen aus seinem Mund dürfte als ‚Ja' gedeutet werden. Denn wieder landet die Faust des Burschen auf seinem Gesicht. Er bricht zusammen und liegt am Boden. Die Fausthiebe werden durch Fußtritte ersetzt. Aus dem Augenwinkel heraus sieht er, dass die beiden anderen Jugendlichen ebenfalls beginnen, ihn zu malträtieren. Instinktiv kauert er sich in die embryonale Stellung. Von überall wirken nun die Schmerzen auf ihn ein. An den Beinen, am Rücken, den Armen, dem Gesicht. Dann spürt er einen heftigen Tritt in seine Nieren. Sein Körper gibt diesen ungleichen Kampf auf und erleichtert sich in beide Richtungen. Der heiße Urin und das warme

Exkrement verteilen sich ungehindert in seiner Hose. Ein letzter Tritt ins Gesicht befördert ihn mit dem Rücken auf den Boden. Verzerrt erkennt er die Schemen seiner Peiniger. Diese drehen sich von ihm weg und scheinen fort zu gehen. Lachend. Grölend.
Undeutlich taucht nun das Gesicht des Mädchens in seinem Blickwinkel auf. Ein Hoffnungsschimmer keimt in ihm auf. Das sanfte Geschlecht muss wohl Mitleid bekommen haben. Dankbar blickt er sie an. Doch statt eine helfende Hand entgegenzustrecken, spuckt sie ihm mitten ins Gesicht und eilt dann fort. Den Spuren ihrer drei männlichen Helden folgend.

*****

Herr Kleinfeld liegt noch immer am Boden. Sein Atem geht schwer und vor den Augen tanzen die Sterne. Es dürften wohl seine eigenen sein. Schemenhaft nimmt er die Umgebung wahr. Ein junges Pärchen steht nur wenige Meter von ihm entfernt. Die beiden flüstern miteinander und blicken zu ihm hin. Dann drehen sie sich um und gehen in die entgegengesetzte Richtung. Ein Radfahrer ohne Licht nähert sich ihm und weicht in letzter Sekunde aus. Auf der anderen Straßenseite startet ein Taxilenker sein Auto, fährt ein paar Meter und lässt zwei junge, offensichtlich betrunkene Mädchen einsteigen. Kurz darauf ist auch dieser aus Herrn Kleinfelds Richtung verschwunden.
Um ihn herum herrscht nun absolute Stille. Herr Kleinfeld schließt die Augen und will sich seinem Schicksal ergeben. Doch als er sie wieder öffnet, steht plötzlich eine Hofertüte neben seinem Gesicht. Undeutlich kann er nach mehrmaligen Schließen und

Öffnen seiner Augen dann die Besitzerin ausmachen. Irgendwie hat er das Gefühl, sie zu kennen. Vom Sehen. Und als er sie näher betrachtet, kann er sie als eine der Obdachlosen identifizieren, die häufig auf den Bänken am Hanuschplatz ihre Nacht verbringen.
Ungelenk beugt sie sich zu ihm hinab. Ihr Atem riecht alkoholgeschwängert. Die Haare fallen ihr wahllos ins Gesicht. Ihre Bewegungen wirken unkoordiniert. Und doch bringt ihr Auftauchen etwas Wärme mit sich. Die Obdachlose streckt ihm lächelnd ihre Hand entgegen. Unter gemeinsamen Anstrengungen schaffen es schließlich beide, sich zu erheben. Kein Wort wird gesprochen. Herr Kleinfeld lässt sich unter seine Arme fassen und wird mit wackeligen Beinen und doch sicheren Schritten zur nächsten Parkbank dirigiert. Dort lässt er sich schwer gegen die Lehne fallen. Die Namenlose bedeutet ihm zu bleiben und taucht kurze Zeit später mit ihrem ganzen Hab und Gut, verpackt in zwei Plastiktüten, wieder auf.
Nach einigem Stöbern scheint sie gefunden zu haben, was sie sucht. Ein Stofftaschentuch. Nicht ganz neu. Für den Zweck aber ausreichend. Behutsam wischt sie damit das Blut von Herrn Kleinfelds Lippen. Auch die Nase wird so behandelt. Nur bei den Wangen muss etwas mit Spucke nachgeholfen werden. Zufrieden betrachtet sie dann ihr Werk. Das Taschentuch wandert wieder in den Sack. Stattdessen kommt eine kleine Flasche Rum zum Vorschein. Bevor sie selbst ansetzt, bietet sie den ersten Schluck Herrn Kleinfeld an. Doch dieser verneint. Er ist nur noch müde. Sein Kopf senkt sich in den Schoß der Obdachlosen. Er fühlt noch die wärmenden Berührungen ihrer Hand, die in Fingerlingen steckt, über seine Wange gleiten. Das Geräusch der Wellen des Flusses tut sein Übriges.

Zum letzten Mal schläft Herr Kleinfeld in der sanften Obhut einer Frau ein.

Freitag

Die ersten Sonnenstrahlen kitzeln Herrn Kleinfelds Gesicht. Sie meinen es gut mit ihm. Zum Lachen bringen können sie ihn jedoch nicht.
Blinzelnd öffnet er nach und nach seine Augen. Ein sanftes Schnarchgeräusch dringt an sein rechtes Ohr. Sein Kopf liegt noch immer im Schoß der Obdachlosen. Ihre Gesichtzüge sind tief im Schlaf versunken und ihre Hand ruht schützend auf seinen Schultern. Nun kommt Herrn Kleinfeld doch noch ein Lächeln aus.
Vorsichtig, fast liebevoll nimmt er ihre Hand von der Schulter und richtet sich langsam auf. Er will sich den Schlaf von der Seele schütteln, aber der Schmerz lässt ihn dieses Vorhaben abbrechen. Und doch scheint es Herrn Kleinfeld das erste Mal seit langem besser zu gehen. Weil er über Nacht einen Entschluss gefasst hat. Und bei diesem Entschluss haben Schmerz und Selbstmitleid nichts verloren.
Ein bisschen Mitleid für andere tut jedoch nicht schlecht. Dieser Gedanke und weil er nicht ohne Danke gehen will, lässt seine Finger in die Hosentasche gleiten. Dort findet er sein restliches Geld vor. Fast 190 Euro. Und schon zum zweiten Mal am Tag muss er jetzt lächeln. Als er vierzig Euro davon wieder in seine Tasche zurück steckt. Den Rest gibt er in die rechte Hand der Obdachlosen und schließt ihre Finger vorsichtig darum herum. Dann küsst er ihr noch sanft die Stirne und hofft, dass nicht nur die Scheine der Sonne ihr einen schönen Tag bescheren werden.

Es ist zwar erst kurz nach 6.30 Uhr, aber einige Geschäfte haben in dieser frühen Morgenstunde schon geöffnet. Gut gelaunt betritt Herr Kleinfeld den Blumenladen, in dem ihn die Augen einer unausgeschlafenen Verkäuferin kritisch mustern. Ungeachtet dessen lässt er seinen Blick über die vorgefertigten Arrangements schweifen. Schließlich bleibt er bei einem Strauß violett weißer Orchideen hängen. Das Preisschild bestätigt ihn in seiner Kauflust und mit einem freundlichen Lächeln reicht er der Dame seine letzten 40 Euro über den Tisch. Die fünf Euro über dem angegebenen Preis hinterlässt er als Trinkgeld. Ob nun für die Verkäuferin oder für die Blumen sollen sich die beiden selbst ausmachen.

Mit dem Frühling in der Hand marschiert er am Beginn dieses herrlichen Sommertages auf dem direkten Wege nach Hause. Er fürchtet sich nicht mehr vor der Polizei, die in seiner Wohnung auf ihn warten könnte. Schicksal würde er es nennen, wenn es so sein sollte. Doch weder steht die Einheit der ‚Cobra' vor seiner Türe Schlange, noch ist von der Mobilität einer ‚MEK' etwas zu erkennen. So bringt er mit dem Schalter Licht ins Dunkel seiner Wohnung, die aussieht wie immer: Chaotisch. Noch. Denn bevor Frau Stanic um 11.00 Uhr kommt, soll sich dies geändert haben. Zuvor will er sich allerdings seiner Körperpflege widmen.
Als Herr Kleinfeld sich vor den Spiegel stellt, überläuft ihn unweigerlich ein kalter Schauder. Er muss an die Obdachlose von morgens denken. Mit ihr hätte er bestimmt ein gutes Pärchen abgegeben. Die Haare hängen ihm ebenso wirr ins Gesicht. Der Bart verdeckt nur mühsam sein zerschlagenes Gesicht und als

er den Mund öffnet, merkt er, dass ihm ein Teil seines rechten Vorderzahnes fehlt. Seine Kleidung ist dreckig und zerrissen und durch das Loch in seinem Hemd schimmern ihm die rötlichen Wunden einiger Abschürfungen entgegen.

Kalten Schauder, denkt er sich, kann man nur mit warmem Schauer bekämpfen. So dreht Herr Kleinfeld den Hahn seiner Dusche auf und beginnt sich derweilen auszuziehen. Obwohl ihm die Behandlung mit Shampoo und Duschgel heftige Schmerzen bereitet, hat er noch nie die Bedeutung des Wortes Reinigung so intensiv erlebt. Vorsichtig schrubbt er mit seiner unverletzten Hand jeden Zentimeter seines Körpers ab. Um den Abfluss herum bildet sich ein Konglomerat aus Schmutz, Schorf und Blut. Erst als das Wasser vollkommen klar wird, beendet er diese Prozedur.

Nackt stellt er sich nun vor den Spiegel und betrachtet sich von neuem. Neu ist er zwar nicht, doch kommt er der Zivilisation wieder ein Stückchen näher. Da er auf gutem Wege ist, beschließt er, noch etwas weiter zu machen. Nachdem er sich die Haare frisch gekämmt hat, stutzt er sich daher auch noch den Bart zurecht. Die alten Kleider wirft er angeekelt in die Mülltonne und tauscht sie mit frischen aus seinem Schrank. Zufrieden betrachtet er sich nochmals im Spiegel, bevor ein Blick auf die Uhr ihn zur Eile mahnt.

Um sich die anstehende Putzaktion in der Küche zu erleichtern und seine Runderneuerung zu bekräftigen, legt er das Lied ‚Neiche Schoin' von Ostbahn Kurti und der Chefpartie in den CD-Player. Hätte er genauer auf das Cover geschaut, hätte er wahrscheinlich eine andere genommen. Auf dieser CD steht nämlich: ‚A scheene Leich'. An das hat Herr Kleinfeld aber jetzt Gott sei Dank gar nicht denken müssen.

Stolz betrachtet er nach einer Stunde die Küche, die in neuem Glanz erstrahlt. Frau Stanic hätte das wohl nicht besser hinbekommen. Nun nimmt er den Orchideenstrauß, den er für sie besorgt hat und stellt ihn in eine Vase. Hoffentlich werden sie ihr gefallen. Weil auch gute Seelen brauchen manchmal ein bisschen Pflege.

Herr Kleinfeld liegt im Zeitplan. Es ist 9.30 Uhr. Und nicht nur die Blumen von Frau Stanic wollen versorgt werden, sondern ebenso die seines Nachbarn. Eigentlich wollte er ihm auch die Zeitungen zurückbringen. Doch nach einem erholsamen Urlaub will er den Herrn Grubinger nicht mit derart blutigen Nachrichten überraschen.
Als er in die Wohnung des Nachbarn kommt, merkt er, dass er wohl nicht der Einzige war, dem es in der letzten Woche schlecht gegangen ist. Weil auch die Pflanzen ihre Köpfe recht hängen lassen. Angestellt werden sie ja wohl nichts haben. Mit ein bisserl gut zureden und einer schönen Portion Wasser hofft er daher, dass sie wieder neuen Lebensmut schöpfen. Und vielleicht hilft es ihnen ja, wenn Herr Grubinger ein wenig Sonne aus dem Urlaub mit nach Hause nimmt.

Nachdem er die Blumen erstversorgt hat, steht noch die schwierigste Aufgabe an. Irgendwie muss er seinen Entschluss den anderen mitteilen. Mit Frau Stanic will er anfangen. Jetzt tut es ihm fast leid, ihr kündigen zu müssen. Auf der anderen Seite: Schlimmer können ihre neuen Auftraggeber ja nicht mehr werden. Er nimmt Papier und Kugelschreiber. Lange hat er schon nichts mehr handschriftlich verfasst. Aber irgendwie ist es dann doch persönlicher. Als er fertig ist, hofft er, dass ihm die Frau Stanic nicht allzu böse ist. Einmal liest er sich den Text noch durch:

Sehr geschätzte Frau Stanic!

Ich hoffe, Sie sind mir jetzt nicht allzu böse. Aber ich muss Ihnen die Anstellung in meinem Haushalt leider kündigen.
Nicht, weil ich unzufrieden mit Ihnen bin. Denn Sie haben Ihre Arbeit immer großartig gemacht.
Wenn Sie in den nächsten Tagen jedoch die Zeitung lesen, werden Sie mich wohl verstehen.
Der Blumenstrauß, der vor Ihnen steht, soll ein klein wenig meine Dankbarkeit ausdrücken.
Was das Finanzielle betrifft, so hoffe ich, dass die letzten Überweisungen noch bei Ihnen ankommen.
Ich vermute, dass ich Ihnen oft recht seltsam vorgekommen sein muss.
Und doch hoffe ich, dass Sie keinen Groll gegen mich empfinden.
Ich wünsche Ihnen noch viel Erfolg und ein glückliches Leben. Sie haben es verdient.

Mit hochachtungsvollsten Grüßen,

Ihr Peter Kleinfeld

Vorsichtig drapiert er den Brief unter die Blumenvase. Dann erhebt er sich zum letzten Mal vom Küchentisch und geht zu seinem Computer. Kurz nur hat er sich überlegt, ob er sich auch von Frau Kampl und der kleinen Lisa verabschieden soll. Zu tief fühlt er sich jedoch noch von seiner Nachbarin verletzt. Und Lisa würde es ohnedies nicht verstehen. Nein. Die letzte Nachricht soll Herr Neureiter bekommen. Sein wohl bester Freund in den letzten Jahren. Er wird sie ihm per Mail schicken. Das hat den Vorteil, dass man es den Herren Radocek und Anzengruber einfach weiterleiten kann.

Nachdenklich und unsicher fängt er auf der Tastatur zu tippen an:

Lieber Gustl!

Weißt Du noch, wie wir im Mirabellgarten gesessen sind und vom großen Ruhm auf der Bühne dieser Welt geträumt haben? Unsere Namen schon in den Zeitungen gesehen haben? Gelesen haben wir sie leider nie.
Das wird sich nun leider ändern. Denn mein Name wird jetzt wohl in allen hiesigen Zeitungen erscheinen. Stolz bin ich darauf nicht. Denn es wird wegen eines furchtbaren Verbrechens sein, das ich begangen habe. Letzten Samstag. Vielleicht hast Du ja die Zeitung gelesen. Über den Prostituiertenmord. In Lehen. Ich bin es gewesen. Ich bin der Mörder.
Lange wollte ich es nicht wahr haben. Weil ich mich nicht erinnern hab können. So besoffen, wie ich gewesen bin. Jetzt weiß ich es aber. Und der Gedanke daran wird immer unerträglicher.
Wahrscheinlich wirst Du mich nicht verstehen. Aber ich habe mich nun für den Freitod entschieden. Es war kein leichter Entschluss, das musst Du mir glau-

ben. Vor allem, weil er alles andere als frei von Tod ist. Doch auch der Gedanke an ein Leben im Gefängnis ist für mich unerträglich.
Bitte akzeptiere daher meinen letzten Willen und versuche die guten Seiten von mir in Erinnerung zu behalten.

Für mich wirst Du immer der beste Freund in meinem Leben bleiben,

Dein Peter

PS.: Bringe es bitte auch Gerhard und Fritz schonend bei. Mir läuft die Zeit davon. Ich muss jetzt gehen.

Schnell überfliegt Herr Kleinfeld nochmals den Text. Gerne hätte er mehr geschrieben. Aber die Zeit fehlt ihm dazu. Es ist kurz vor 11.00 Uhr und gleich wird Frau Stanic eintreffen. Er drückt daher auf ‚abschicken' auf seinem Mailserver. Dann eilt er zur Tür und in den Lift. Gerade noch rechtzeitig, um einen letzten Blick auf die Rückseite seiner ehemaligen Reinigungsdame zu werfen. Glücklich, dass er alles geschafft hat, was er sich vorgenommen hat, verlässt er endgültig sein Haus und begibt sich auf einen letzten Spaziergang durch seine Geburts- und Heimatstadt.

* * * * *

Er schlendert gedankenverloren durch den Mirabellgarten. Vorbei an den Zwergen und Bänken. Dann passiert er das Landestheater. Gerne hätte er hier einmal einen Auftritt gehabt. Am Markartsteg bleibt er kurz stehen und blickt in die gemächlich dahinfluten-

den Massen der Salzach. Gerade läuft die ‚Amadeus' auf ihrem Rücken zu einer Sightseeing-Fahrt aus. Weiter spaziert er über den Hanuschplatz. Irgendwie hätte er sich gewünscht, die Obdachlose von heute morgen zu sehen, um sie nach ihrem Namen zu fragen. Doch unter dem Getümmel der Menschenmassen kann er sie nirgends entdecken. Sein nächster Weg führt ihn durch die Getreidegasse. Er kämpft sich durch die flanierenden Touristenströme. Er kann sie gut verstehen. Die Touristen. Weil schön ist es schon. Sein Salzburg.
Unter der Wohnung von Herrn Anzengruber bleibt er nur kurz stehen. Zu sehr verwirren in die Gefühle, die nicht wissen, ob sie positiv oder negativ sein sollen. Deshalb biegt er schnell in die Sigmund-Haffner-Gasse ein und lässt im Anschluss auch das große Festspielhaus rechts liegen. Schließlich steht er vor den steinernen Treppen, die auf den Mönchsberg führen. Dies wird sein letzter Weg sein. Und wenn es auch aufwärts geht, so wird es doch abwärts enden. Das haben sich schon viele gedacht. Nicht umsonst wird der Berg von den Einwohnern auch der Selbstmordberg genannt.

Hat sich Frau Stanic zuerst über die Ordnung gewundert und dann über die Blumen gefreut, so ist sie beim Lesen des Briefes doch erschrocken. Böse war sie auch nicht. Nur besorgt. Weil, wie sie den Hinweis auf die Zeitung entdeckt hat, hat sie gleich gewusst, was gespielt wird. Sofort ist ihr der eingerahmte Artikel mit der Prostituierten vor den Augen gestanden. Und eins und eins hat sie immer schon zusammen zählen können. Und darum hat sie kurze Zeit später bei der Polizei angerufen, um dort mitzuteilen, dass sich der Herr Kleinfeld das Leben nehmen will.

Das mit dem Zusammenzählen ist dem Herrn Neureiter schon ein bisschen schwerer gefallen. Weil er einfach nicht glauben wollte, was da in seinem Mail gestanden ist. Das erklärt vielleicht, warum sein Anruf erst zehn Minuten nach dem von Frau Stanic auf der Wache eingegangen ist.

Für den Herrn Kleinfeld ist Zeit hingegen jetzt nicht so wichtig. Weil ob er ein paar Minuten früher in den Himmel kommt, spielt wohl keine Rolle. Und wenn es die Hölle werden sollte, dann muss er halt ein bisserl nachsitzen. Drum steht er nun außer Atem und doch entspannt an seinem Zielort. Sein Blick schweift über die wunderbare Kulisse seiner Heimatstadt. Den Kapuzinerberg gegenüber. Die Festung zu seiner Rechten. Die Innenstadt darunter. In der lauter kleine Leutchen ihren Beschäftigungen nachgehen. Ja. Schön ist es schon. Sein Salzburg. Ohne ihn vielleicht sogar ein bisserl schöner.
Vorsichtig stellt er sich an den Rand des Felsens. Unter ihm liegt die Gstättengasse. Weil er ja niemanden erschrecken will, wartet er, bis keine Fußgänger mehr zu sehen sind. Dann inhaliert er noch ein allerletztes Mal die gute Luft hier oben, bevor er sein Leben exhaliert.

Herr Kleinfeld springt.

.

Teil II

Freitag

Und wieder ist eine Woche verstrichen. In wenigen Stunden werden sich die Pforten des Roten Huhns aufs Neue auftun und der elende Kopulationsreigen wird beginnen. Die mit rotem Leder bezogenen Fauteuils sowie die Hocker der Bar werden nach und nach die von Vorfreude blanken Hinterteile der Freier umfangen und ihnen Halt geben, während sich diese ihre Hälse nach den Damen ihrer Wahl verrenken. Der Alkohol wird den anfänglich zurückhaltenden Blicken ihre eigentliche Botschaft abnötigen, die pure Lust auf eine Frau, die gegen Geld keine Qualitätsansprüche stellt.
Pavel Kovanic kennt dieses Spiel, denn er erträgt es nun seit annähernd dreizehn Jahren so gut wie jeden Abend, auch wenn es ihm mittlerweile leid ist. Mit der Zeit hat er gelernt, die Kundschaft präzise zu kategorisieren, seine wollüstigsten Kurtisanen auf die Männer anzusetzen, die finanziell zu allem bereit sind und er hat diese Fähigkeit auch an seine Mädchen weitergegeben. Daher dreht sich das Rad mittlerweile wie von selbst. Und wenn man sich darin versteht, die permanent im Wandel befindlichen Sehnsüchte der Kerle zu befriedigen, kann man mehr als gut von dem Geschäft leben. Und das ist längst der Fall.
Als kleiner Junge und Sohn eines polnischen Spargelstechers musste er mit allem Nachdruck am eigenen Leib verspüren was es bedeutet, arm zu sein. Seine Familie hatte nie genug zu beißen, was ihn schließlich dazu bewog, nach Österreich auszuwandern. So hatte Pavel früh gelernt, dass Geld die oberste Priorität im

Leben darstellt, was ihn über die Jahre hinweg zu Eis hat werden lassen. Anfang zwanzig schlug er sich mit einigen stumpfsinnigen und schlecht bezahlten Jobs herum, bis ihm schließlich ein Licht aufging. Warum nicht aus den von Osten kommenden Strömen seinen Gewinn schlagen? Zu dieser Zeit entstand das Rote Huhn, welches mittlerweile eine feste Institution in Salzburg darstellt. Es war ihm ein leichtes, knackige Polinnen und andere Mädchen ins Land zu locken, denn die Gier nach schnellem Geld hatte lange genug in ihm selbst gebrannt und eine Glut hinterlassen, die nie mehr zu löschen sein würde. Ein Nachteil seiner Arbeit ist jedoch, dass er zu intelligent für sie ist. Er begreift, was er den Mädchen antut, indem er sie an Typen verkauft, wie an den, der gerade an der Bar Platz genommen hat. Mitte Fünfzig, bereits schütteres Haar, Schweißstaudämme auf der Stirn. Ein Schmerbauch, der sich über den Bund seiner Kordhose wölbt. Schweißflecken auf dem Rücken, unter den Achseln und was noch viel bestürzender ist, in den Kniekehlen. Und da kommt Elena angetanzt, eine achtzehnjährige Tschechin, die erst seit rund zwei Wochen hier ist. Sie bewegt sich wie eine Katze auf ihn zu, schnurrt ihm um Beine und Schultern und entlockt ihrem Mund dabei ein süßes Fauchen. Er kippt vor lauter Ekstase glatt vom Stuhl, krallt sich jedoch rechtzeitig an ihr fest, um sich gleich darauf hautnah an ihr hochzuziehen.
Pavel muss gehen, muss an die frische Luft. Er verabscheut die Freier wie die Nutten gleichermaßen, weil die einen für ihn unerklärliche Motive zu handeln, die anderen groteske Einstellungen, erklärliche Motive durchzusetzen haben. Doch am meisten verabscheut er sich selbst, denn er gießt fortwährend Öl in den

Motor ihres Treibens und reißt immer wieder aufs Neue den Vorhang zu dem Spiel auf, dass er mittlerweile so sehr hasst.

* * * * *

Was sie dazu bewegt, ihre arthritischen Glieder aus dem seichten Schlaf zu reißen, könnte sie nicht sagen. Sie will sich wieder einmal frei fühlen, will wie ein Blatt im Wind steuerlos von da nach dort tanzen, oder wer weiß, vielleicht schwimmen gehen. Der Fluss hat eine schnelle Gangart und sie will weit fort. Vielleicht bis ans Meer, Delphine sehen. Falls es die dort gibt. Doch dazu muss sie weg, fort von hier.
Auf ihre Umgebung macht sie den Eindruck von Dauerapathie. Wie mechanisch fügt sie sich in den Ablauf, der ihr von den Weißkitteln aufgezwungen wird. Früher ist sie mit beiden Beinen im Leben gestanden wie kaum eine andere Frau ihrer Generation. Als Verkaufsleiterin eines großen hiesigen Modehauses befanden sich mehrere hundert Arbeitskräfte in ihrer resoluten Obhut und sie brillierte fortwährend im Umgang mit dieser Verantwortung. Sie wusste immer was sie wollte und ihr beruflicher Erfolg ließ sie zu einem Muster von Autarkie und Selbstbestimmung werden. Nun hat sich die Welt bedenklich weiter gedreht. Am Morgen Frühstück, danach waschen mit Schwester Monika, im aschfahlen Gang aufgefädelt fernsehen bis zum Mittagessen und danach wieder fernsehen, wenn Hilda es zulässt. Dieses herkulische Weib aus der Friedensstrasse hat eine Meise, die die ihre bei weitem übertrifft. Sie herrscht oft stundenlang den leeren Raum an, er solle ihr verdammt noch mal ihre Augengläser wieder geben! ‚A so a unguada

Mensch', raunt es hinter ihren über die Jahre abgetragenen Beißern hervor und während sie sich ihre Aschenbecher auf der Nase zurechtrückt, teilt sie den Raum mit einem lauten ‚Schwester!'. Und nach dem Abendessen gleich ins Bett, in tausendfacher Repetition.

Erna fasst mit aller Macht die metallene Stange, die ihr Bett einfriedet, um sich an ihr hoch zu hieven. Sich zur Gänze anzuziehen würde ewig dauern, daher quält sie sich lediglich in den Wollpullover, der beiläufig über die Stuhllehne geworfen vor ihr hängt. Und dann die Bremse des Rollwagens entsichern, ausparken und los geht es. Sie hat Glück, denn ihr Zimmer befindet sich im Parterre des Gebäudes und der Nachtwächter hat es verabsäumt, den Seiteneingang, auf den sie nun zusteuert, zu versperren. Ein zartes Beben erfüllt ihr Knochengerüst, als sie so in der Kühle der Nacht steht und die Kälte macht ihr sofort klar, dass dieser Ausflug kein Zuckerschlecken sein wird. Sie umklammert die Plastikgriffe des Wagens fester und steuert auf die Ignaz-Harrerstrasse los.

Als Erna zum siebten Mal auf ihrer Reise innehält, befindet sie sich bereits mitten auf der Schießstattstrasse, sie kann die Sträucher und Bäume des Parks förmlich riechen. Und dahinter das verheißungsvolle Wasser. Sie schreckt hoch, als der Motor eines Wagens unweit von ihr aufheult und gleich darauf mit solcher Macht davon prescht, dass es sich dabei ihrer Vorstellung nach nur um einen halbstarken Jüngling handeln kann, der seiner Freundin damit seine pulsierende Männlichkeit verheißt. Sie quert die Strasse und taucht ein in die nächtliche Kulisse des Parks. Da und dort muckt ein Insekt, ansonsten ist es totenstill. Nur das Knirschen der Wagenräder auf dem Kies ist zu hören, als sie sich langsam in Richtung Pioniersteg weiter schiebt.

Erna stockt. Ein kalter Windhauch streicht ihr über den Rücken und lässt ihr einen Schmerz durch die Glieder fahren, der sie so wach wie nie zuvor macht. Da vorne liegt doch etwas. Im Gras. Im kalten Licht des Mondes bleich beschienen. Etwas, das hier nicht hin gehört. Erna fasst sich ein Herz und steuert vom Kiesweg in die Wiese. Als sie noch zehn Wagenlängen entfernt ist, meint sie ein entblößtes Bein zu erkennen. Als es nur noch fünf Wagenlängen sind, hört sie jeder im Umkreis von tausend Metern gellend schreien. Sogar als man in den nächsten Tagen Anrainer von der anderen Salzachseite nach Hinweisen zur Tat befragt, berichten diese nur von einem unmenschlichen Laut, der selbst die Hölle zum Frieren hätte bringen können.

Samstag

2.37 Uhr. Plötzlich stört ein penetranter Ton empfindlich Pavels Ohr. Sein Telefon, das sich mittlerweile auf dem Nachtkästchen befindet, rückt ihm im Vibrationstanz auf die Pelle. Welcher Vollidiot kommt auf die Idee, ihn jetzt zu stören. Alle seine Angestellten wissen längst, dass er sich um diese Uhrzeit nicht mehr unten im Ambiente, sondern längst oben in seinen privaten Räumlichkeiten befindet und dort keinesfalls gestört werden will. Falls es sich bei dem Anruf also um eine Lappalie handeln sollte, wird er angemessen reagieren.

Er raunt ein ‚was gibt's' in den Hörer. ‚Morgen, Herr Kovanic, ich fürchte ich muss ihre süße Nachtruhe stören.' Schriebel, der verdammte Wurm. Niemals könnte er sich bei diesem süßlich arroganten Unterton in der Stimme am anderen Ende der Leitung irren. Damals, als die Geschichte mit dem Mädchen passiert ist, das von einem Freier in dessen Wohnung fast zu Tode geprügelt worden war, hat ihm der Kommissar eine Publicity beschert, die er liebend gerne vermieden hätte. Pavels Gesicht war am darauf folgenden Tag in allen Tageszeitungen zu betrachten gewesen und das, wo ihm doch die Medienpräsenz so verhasst ist. ‚Fassen sie sich kurz, Herr Inspektor.' ‚Ich dachte so bei mir, es könnte sie interessieren, dass vor einer halben Stunde die Leiche eines ihrer Mädchen drüben im Lehener Park aufgefunden wurde. Und so wie die Kleine ausgesehen hat, ist ihr Ableben wohl kaum durch einen Freitod zu erklären.'

Dieser miese Bulle vollbringt es tatsächlich innerhalb einer Tausendstel Sekunde, Pavels Gehirn mit voller Kraft an die Begrenzungen seines grobschlächtigen Schädels hämmern zu lassen, so dass ihm kurz die Sicht vor Augen schwindet. Wie ein Lauffeuer durchfegt ein Schaudern seinen Körper, das ihn abrupt aus dem Ohrensessel, in dem er gerade eben noch eine Zigarre gepafft hat, hochfahren lässt. ‚Was war das eben?' wiederholt Pavel wie gelähmt. ‚Ich erwarte sie in einer Viertelstunde hier auf der Wache, denn ich habe einige Fragen! Ich hoffe wir verstehen uns!' Klick.
Dieser arrogante Bastard. Doch Pavel bleibt kaum Zeit für seinen Ärger, vielmehr macht ihn der Gedanke halb wahnsinnig, dass einem seiner Mädchen auf wahrscheinlich unsanfteste Weise das Leben ausgehaucht worden ist. Er zwingt seine grauen Zellen anzuspringen, trotz der fortgeschrittenen Stunde wieder in die Gänge zu kommen. Beim Hinunterhasten ins Parterre, wo die Herren und Damen immer noch rege zu Gange sind, wirft er sich einen Mantel um, denn es fröstelt ihn auf unangenehme Weise.

* * * * *

Und schon geht die unförmig glänzende Kugel von Schriebels Kopf vor seinen Augen auf, als wolle dieser ihn damit bis in die tiefsten Abgründe seiner Seele ausleuchten. Ein ‚nun denn, Herr Kovanic, lassen sie uns sogleich in mein Büro gehen, um die Sache zu bereden' in Richtung seiner Kollegen ausstoßend, packt er ihn unwirsch an der Schulter und führt ihn, hundsgleich, in sein durch Jalousien verdunkeltes Büro. Kovanic würde ihm am liebsten gleich die Hand

zu einem Trümmerhaufen drehen, aber er entscheidet sich dagegen. Schriebel lässt die Tür hinter sich knallen und rückt Pavel im Nu bis auf einige Zentimeter ans Gesicht. ‚Hör mir zu, du polnischer Nuttentreiber, wenn du nicht sofort mit Informationen rausrückst, dann werde ich dein Sumpfloch von Bordell noch heute Nacht schließen lassen.' Pavel grinst breit. ‚Langsam, Herr Kommissar, sie wollen doch nicht, dass die Direktion von unserem finanziellen Arrangement Wind bekommt. Ich habe nie vom Abschaum der Gesellschaft über ausgestreckte Helfershände zu einer ansehnlichen bürgerlichen Existenz gefunden. Um ihre Position könnte man sich allerdings sorgen, nicht?'
Pavel durchzuckt in diesem Zusammenhang eine unangenehme Erinnerung. Damals hatte er mit einer Bekannten eine Vorstellung der hiesigen Festspiele besucht, doch die abschätzigen und vergällten Blicke der syphilitischen Salzburger Oberschicht haben seinem Vergnügen sofort den Gar ausgemacht. Umso lieber lässt er sich nun das gramverzerrte Gesicht des Kommissars schmecken.
Schriebel stößt ihn mit Nachdruck in den Sessel neben seinem Schreibtisch und hält ihm ein Foto mitten ins Gesicht. ‚Wer ist sie?' Pavel verspürt urplötzlich wieder dieses Pochen seines Gehirns und er muss unverzüglich die Augen schließen, um sich ganz auf das Luftholen konzentrieren zu können. Sekundenlange Stille. Gefühlte Lichtjahre später öffnet er seine Augen wieder und presst ein ´Maria Sarlov´ hervor. ‚Sie arbeitet schon einige Jahre bei mir. Ich hab sie zuletzt hauptsächlich für den Außendienst eingesetzt, für das Haus war sie einfach nicht mehr jung genug.' Pavel empfindet unendlichen Hass gegen sich selbst, als ihm

diese Worte über die Lippen kommen. Sie war tatsächlich nicht mehr im Haus tätig, sie selbst zog es vor, ihre Kundschaft durch flüchtige Blicke in die Scheiben von deren Karossen an den Straßenrand zu locken. Außerdem war sie zur Gänze ausgebrannt, eine Scheintote, ihr Geist ihrer Physis völlig entkoppelt. Sie hatte keinerlei Verbindung mehr zu den abscheulichen Vorgängen, die ihrem Körper laufend zugefügt wurden. Der glasige und verstörte Blick dieses Mädchens, der ihr deplaziertes Erscheinungsbild zusätzlich verstärkte, hatte Pavel vor vielen Jahren zum ersten Mal an seiner Berufswahl zweifeln lassen.

Und nun liegt sie da, inmitten dieses Polaroids, ihr Körper entblößt bis hinab zu den Schenkeln, ihr Kopf grotesk nach hinten gedreht, wie der einer Puppe, die beim Spiel ungünstig gefallen ist. Oberhalb und unterhalb ihres Brustbeins ein Ornament an klaffenden Fleischwunden, die ihr ganz offensichtlich durch ein Messer zugefügt wurden. Und dabei hält sie die fragenden Augen offen, als hätte sie den Horizont noch kurz zuvor um ein jähes Ende angefleht. Pavel ballt seine Hand unter dem Tisch zu einer Faust, um sie gleich darauf wieder zu lockern. Dabei jagen ihm laufend Störbilder durch den Kopf, bis ihm Schriebel wieder sein Mondgesicht vor die Augen drückt. ‚Muss ich vorab etwas über diese Dame wissen?' Und um seiner Frage Nachdruck zu verleihen, bläht er dabei seine kleinen Murmelaugen zu winzigen Kastanien auf. ‚Ihr Aufenthalt hier war legal, ich bringe ihnen morgen alle nötigen Dokumente. Soweit ich weiß, gab es bei ihr nicht mehr Anlass zur Sorge als bei jedem beliebigen anderen Mädchen.' Pavel lässt das Foto sinken. ‚Zumindest insofern kommt es für mich aus

heiterem Himmel.' ‚Ich hoffe sie verstehen, dass unsere Abmachung von nun an nichtig ist, denn mit Wegsehen ist jetzt wohl oder übel Schluss. Ich werde in den nächsten Tagen noch einige Fragen an sie haben. Sie werden daher abrufbereit sein, ist das klar?'
Mit einem stummen Nicken erhebt sich Pavel aus dem Sessel und verlässt geräuschlos die Rathauswache. Sein Fünfhunderter springt sofort an und als er durch die Stille der Nacht wieder zurück in Richtung Rotes Huhn steuert, überkommt ihn eine unendliche Müdigkeit.

* * * * *

Er liegt im Gras und starrt in den Sternenhimmel der Nacht, zu keiner Bewegung und zu keinem Laut fähig. Er fühlt unterwegs abkühlende Nässe sich seinen Oberkörper hinabwälzen und er gerät zusehends in Panik, als sich mit unendlicher Macht ein Schatten über ihn wälzt. Pavel erwacht schweißnass und am ganzen Leibe zitternd. Es dauert Minuten, bis er der quälenden Traumfetzen Herr wird.
Er würgt mehrere Male trocken. Als er schließlich aufsteht, schrammt er sich auf dem Weg zur Dusche sein Schienbein am Abstelltisch blutig, ohne groß Notiz davon zu nehmen. Das heiße Wasser ist Balsam, so als könnte es zumindest die Sündenkruste, die ihn klamm umschließt, ein wenig erweichen und ihm somit einen Hauch von klarem Denken ermöglichen.
Er muss in die Wohnung der Kleinen, sich auf die Suche nach Anhaltspunkten machen und außerdem sofort Belev informieren. Der Kerl soll seine Kontakte spielen lassen, ansonsten könnte es schwer werden, den Typen vor den Bullen zu finden. Oder kann es

eine Frau getan haben? Vielleicht eine Kollegin. Der Außendienst, der sich teilweise Pavels striktem Gängelband entzieht, indem er von den Mädchen eine gewisse Flexibilität in punkto Örtlichkeit verlangt, kann genau aus diesem Grund zu Rivalitäten führen. Pavels Erfahrung hat ihn jedoch gelehrt, dass die gegenseitige Toleranz bei Prostituierten zumeist ausgewachsen ist, denn mit dem Anschaffen gehört man über Nacht zur Kaste der Parias und ein offenes Ohr findet man selten anderswo als in den eigenen Reihen. Insofern unwahrscheinlich, wenn auch nicht auszuschließen.

Er trocknet sich sein krauses Brusthaar und kleidet sich geistesabwesend an. Unten trifft er auf Magdalena, das Herz des Huhns. Sie war die erste, die ihren Körper im Etablissement feilbot. Allerdings ist sie im Lauf der Jahre immer mehr zur logistischen Instanz des Unternehmens geworden und mittlerweile laufen alle organisatorischen Fäden bei ihr zusammen. Von der Wartung der Homepage über den Kauf von Spirituosen bis hin zu materiellen wie seelischen Nöten der Mädchen ist sie der Knotenpunkt. Pavel fühlt sich längst überflüssig.

Er nimmt Magda beiseite. ‚Gestern Nacht ist oben im Park eines unserer Mädchen erstochen worden.' Magdalenas Züge erstarren. ‚Maria Sarlov! Ich werde dafür sorgen, dass das verantwortliche Schwein nie wieder Hand an irgendjemanden legen kann. Ich möchte, dass du den Laden heute Abend alleine schmeißt, denn ich muss mich um einiges kümmern. Beurlaube die Mädchen auf Streife für eine Woche! Sag ihnen, sie bekommen einen Hunderter als Tagespauschale, wenn sie niemand auf der Strasse sieht. Und sag Hans und Jörg, sie sollen heute Abend besonders genau auf Auffälligkeiten bei den Kunden schauen. Falls dir etwas zu Ohren kommt, melde dich sofort.' Mit diesen Worten lässt er Magda stehen und macht sich auf den Weg in die Triebenbachstrasse, in der Maria bis gestern Nacht eine Bleibe hatte.

*****

Er verabscheut Liefering wie keinen anderen Teil Salzburgs, denn es gibt wohl kein Viertel, das einem mit seinem Erscheinungsbild so dermaßen eindringlich die zunehmende Demontage des Sozialstaates und die malmenden Räder des Kapitalismus vor Augen führt. Und doch fühlt er sich in ihm auf intime Weise beheimatet, denn im Gegenzug zu den Heerscharen an asiatischen Touristen, die die Klüfte der Altstadt im Vorübergehen in grelles Licht tauchen, ist hier seit vielen Jahren ein dauerhafter Flecken kultureller Diversität in der Entstehung.
Pavel parkt seinen Mercedes vor einem jener zehnstöckigen Blocks, die bereits von außen ihren deprimierenden Esprit versprühen. Der Eingang ist sperrangelweit offen und dennoch peitscht ihm aus dem Treppenhaus ein Gestank von Zersetzung und Fäkalien entgegen, dass er im ersten Moment versucht ist, das Weite zu suchen. Mit angehaltenem Atem erreicht er den Lift und wird von der randvoll zugeschmierten Kammer in den siebten Stock gehoben. Als er aussteigt, ist der Geruch vom Parterre einem beißenden Gestank von Tierausscheidungen gewichen, ganz so als ob hier jemand Ziegen halten würde. Pavel zieht sich sein Hemd über die Nase und sucht den schwach beleuchteten Gang nach der Nummer 77 ab. Als er sie findet, streift er ein Paar Vinylhandschuhe über und

drückt die Klinke nach unten. Verschlossen. Mit einem mächtigen Tritt lässt er das Holz der Tür in Stücke splittern und verschafft sich somit Zutritt zu Marias Heim.

Vor seinen Augen tut sich ein völlig unerwartetes Bild auf. Die Wände der Wohnung in makellosem weiß gestrichen, der Boden aus tadellosem Laminat und was Pavel sofort ins Auge fällt ist, dass hier kaum Einrichtungsgegenstände vorhanden sind. Nur ein Holzkreuz hängt nüchtern im Vorraum, direkt neben einem Kleiderständer samt Winterjacke. Darunter zwei paar Schuhe, eines mit rotem Lack bespannt, das zweite etwas robuster. Auch im Bad keinerlei Auffälligkeiten, der Alibert erscheint völlig unbenutzt. Nur eine zerborstene Zahnbürste im Becher, Zahnpasta, Hautcreme und einige Dusch- und Schminkutensilien daneben. Pavel schwenkt wieder in den Vorraum hinaus, um zuletzt in Richtung Marias Schlafzimmer zu steuern. Vom Türrahmen aus erspäht er ihr französisches Doppelbett, welches, ebenfalls in weißer Farbe, wenig einladend auf ihn wirkt. Daneben nur ein winziges Nachtkästchen in Fichtenholz. Er setzt sich an die Kante des Bettes und öffnet die Lade. Darin ein schwarzweißes Bild eines kleinen Mädchens, über dessen Schulter eine Frau mittleren Alters gebeugt ist, beide engelsgleich in die Kamera lächelnd. Und tiefer in der Lade dutzende von vakuumverpackten sterilen Rasierklingen. Pavel steht kalter Schweiß auf der Stirn. Als er den Blick abwendet und über das restliche Zimmer schweifen lässt, vergisst er vorübergehend zu atmen. Auf der gegenüberliegenden Wand des Bettes steht in großen schwarzen Buchstaben ein Vers:

Durch mich geht man hinein zur Stadt der Trauer,
Durch mich geht man hinein zum ewigen Schmerze,
Durch mich geht man zu dem verlornen Volke.
Lasst jede Hoffnung, wenn ihr eingetreten.

Er keucht. Langsam beginnt Pavel die Kargheit der Wohnung zu begreifen. Maria hatte sich hier ein Refugium geschaffen, einen Ort puritanischer Sterilität, an dem sie versucht hat, ihrer seelischen Ohnmacht Herr zu werden. Viele ihrer Kolleginnen stürzen haltlos in die Drogensucht, um die Abscheu vor dem eigenen Körper und die zusehende Unfähigkeit zur zugeneigten Empfindung im Rausch zu betäuben, doch Maria hatte in einem abstoßenden Sumpf wie diesem scheinbar versucht, in ihrer Ablasszelle Ruhe zu finden und dabei gewiss unendliche Qualen erlitten.
Während Pavel, betäubt von seinen Gedanken, weiter auf der Bettkante sitzt und grübelt, bemerkt er nicht, dass soeben ein Schatten durchs Vorzimmer in Richtung Bad gehuscht ist. Als er sich Minuten später endlich hochrappelt und die Wohnung verlassen will, trifft ihn ein hölzerner Gegenstand mit voller Wucht am Hinterkopf. Ihm wird schwarz vor Augen und er sackt ohnmächtig zu Boden.

* * * * *

Es gibt zwei wichtige Regeln im Umgang mit totem Tier. Erstens: Das Beil muss scharf sein wie eine Rasierklinge, das ist Gesetz. Wer dafür nicht sorgt, kann keine saubere Arbeit leisten. Zweitens: Nur ein Schwachsinniger würde ohne einen Kettenhandschuh über der Linken ernsthaft an diese Arbeit gehen. Dmitri ist da anderer Ansicht. Wenn man ihn danach fragt gibt er nur lau zurück, ihm fehle sonst das Gefühl für das Fleisch, er brauche die physische Verbindung zur heiligen Trinität Muskel, Faser und Schwarte.

Dabei fing alles ganz harmlos an. Er war ein völlig unauffälliger Siebenjähriger, der allen Wünschen seiner Eltern gewissenhaft nachkam, bis es dann eines Tages passierte. Er saß mit der gesamten Sippschaft am österlich kredenzten Tisch im Vorgarten des Hauses Belev, als eine fette, mit ekelhaften Haaren übersäte Fleischfliege unablässig Dmitris Osterstriezel ins Visier nahm. Die Konversation der Familie, die sehr verhalten begonnen hatte, da man sich so selten sah, war nun endlich in einen von Esprit beseelten Wortstrudel geraten, als plötzlich das vibrierende Sirren eines metallischen Gegenstands jegliches Wort in der Luft zerschnitt. Alle blickten verwirrt in Dmitris Richtung und schienen etwas unangenehm berührt, als sie den kleinen Jungen erblickten, der mit seiner rechten Hand ein ellenlanges Messer in die oberen Schichten des schweren Kieferntisches getrieben und dabei das elende Tier sauber in zwei Hälften geteilt hatte. Seine Augen ruhten gebannt auf der Klinge, während ein fragendes Raunen durch die Reihen der Onkel und Tanten ging.

Er hatte sich unsterblich in das Blecken von Edelstahl verliebt, daher strebte er nach dem Abschluss der Hauptschule emsig die Laufbahn des Fleischers an. In Arbeitskreisen hieß es, er könne mit einem einzigen Hieb den Oberschenkelknochen eines tausend Kilo Bullen splitterfrei spalten, was ihm verständlicherweise den Respekt seiner Kollegen sicherte.

Doch das ist tagsüber. Nächtens wandelt sich der ansonsten so unscheinbare Dmitri in einen umtriebigen, beinahe rastlosen Geist. Er kennt alle Wirtshäuser von Hallein bis Oberndorf und genießt beinahe überall den für Außenstehende unverständlichen Status eines Stammgastes, der ihm wohl kaum durch seine Gesprächigkeit erwachsen ist. Aber Dmitri zeichnet sich anderweitig aus, denn er kann wie kein zweiter zuhören. Er vermittelt seinem Gegenüber eine Art von autoritärer Präsenz, die sich durch nichts ablenken lässt und der man, ohne es im Vorhinein geplant zu haben, sein ganzes Herz ausschüttet. Die Momo der Schlachtermesser. Auch in Pavels bunten Kammern der Lust erfreut er sich des Öfteren eines Gläschen Sekts, wobei ihn die Damen in keiner Weise interessieren. Er hat sein Herz schon vor langer Zeit verschenkt.

Der Umstand des fehlenden Interesses am käuflichen anderen Geschlecht und die Omnipräsenz im Salzburger Nachtleben machen Belev zu einem von Pavel hoch geschätzten Informanten. Daher pflegt er den Kontakt zu ihm wie kein anderer und einmal hat er ihm aus heiterem Himmel ein am Stil verchromtes und mit feinen Ornamenten zizeliertes Buschmesser gekauft. Dmitri hätte fast geweint. Aus Wertschätzung trägt er es seitdem immer unter seinem beigefarbenen Trenchcoat, wenn er im Huhn zu Gast ist.

* * * * *

‚Aufwachen, Herr Kovanic!' Pavel wird mit einem unsanften Tritt gegen seinen Oberschenkel aus dem Niemandsland geweckt. Nicht schon wieder. Als er die Augen öffnet, erspäht er das talgige Grinsen des Kommissars, an dessen Seite ein bulliger Typ von gigantischen Ausmaßen steht. In den Händen hält der

Kerl eine Holzlatte, die an einem Ende von einer blutigen Kruste überzogen ist. ‚Die Tür einer Toten einzutreten ist nicht die feine englische Art. Wer könnte sie denn dafür verantwortlich machen, wenn nicht das wachsame Auge eines Nachbarn?' Dabei tätschelt er dem Riesen beiläufig die Schulter. Das amüsierte Funkeln in Schriebels Augen lässt Pavel zu einer finalen Einsicht kommen. Vor seinem Ende, wie und wann dies auch sein würde, wird er sich noch um den Herrn Kommissar kümmern. Und das mit allem Nachdruck. ‚Stehen sie auf, ich muss die Leiche von ihnen offiziell identifizieren lassen, denn ich gehe davon aus, dass Frau Sarlov keine Verwandten hier hat? Sie werden mit mir fahren, ihren Wagen können sie ja später abholen.'
Mit diesen Worten macht der Kommissar am Absatz kehrt und verlässt die Wohnung durch die geborstene Tür. Pavel wirft dem Typen mit der Holzlatte im Vorübergehen einen eisigen Blick zu, worauf dieser instinktiv zu Boden sieht.

* * * * *

Es ist das erste Mal, dass Pavel die Gerichtsmedizin von innen zu Gesicht bekommt. Als er Schriebel durch die schweren Flügeltüren ins Foyer folgt, befällt ihn ein Gefühl von Abscheu vor der arroganten Ärzteschaft, die überall wie Gewürm durch die Gänge wuselt. Allmählich wird ihm klar, dass es die Gegenwart der Menschen im Allgemeinen ist, die ihm zunehmend Unwohlsein bereitet. Er führt im Grunde das Leben eines Einsiedlers, zog sich die letzten Jahre immer mehr aus der aktiven Teilnahme am Geschäft zurück und traf nur noch die wesentlichsten Entscheidungen. Stattdessen vertieft er sich in einem Anflug von Melancholie oft tagelang in die h-moll Sonate von Liszt, sitzt am Fenster und dirigiert autistengleich Madame Butterfly oder starrt einen ganzen Vormittag lang auf einen billigen Nachdruck von Klimts Kuss. Vor einigen Jahren hatte er im Denonflügel des Louvre vor einem Gemälde Rembrandts vor starrer Bewunderung dermaßen die Zeit aus den Augen verloren, dass er schließlich von einem der Museumswärter sanft hinaus komplimentiert werden musste.

Der Kommissar schreitet mit stetem Schritt voran und Pavel hat bereits den Geruch von ekelhafter Riechpaste in der Nase. Als er im Vorbeigehen einen Blick durch die Scheibe in einen der Obduktionsräume wirft, traut er seinen Augen nicht. Ein Kerl mit weißem Kittel fotografiert einen offensichtlich Toten, wobei er zuvor scheinbar sein Mittagsbrötchen direkt auf das Leichentuch gelegt hat, welches sich straff über den Oberschenkel des Verschiedenen spannt. Und während der Weißkittel munter vor sich hinknipst, kaut er mit offenem Mund, als müsste er ein halbes Dutzend Mägen füllen. Pavel räuspert sich angewidert und als ihn der Kommissar am Ende des Gangs auffordert, ihm in einen der Räume zu folgen, möchte er am liebsten Fersengeld geben.

‚Tag, Herr Doktor, ich bringe ihnen die angehörige Person zur Identifikation.' Da liegt sie. Maria Sarlov, aschfahl und die Augen für immer geschlossen, auf rostfreiem Stahl, luftdicht zu versiegeln. ‚Der Tod ist durch die multiple Verletzung innerer Organe und den daraus resultierenden Blutungen, womöglich aber auch durch den vorzeitigen Kollaps der Lunge eingetreten. Das ist schwer zu sagen bei einem Angriff dieser Art. Außerdem hat sie leichte Blutergüsse an den Handgelenken und am rechten Wangenknochen, der zusätzlich leicht gesplittert zu sein scheint. Interessant wird aber folgendes für sie sein: Die Tote hatte Haut zwischen ihren Vorderzähnen, die definitiv nicht von ihr stammt. Sobald sie also dringend tatverdächtige Personen festgemacht haben, können wir den Täter anhand eines DNA Profils dingfest machen.'

Haut zwischen den Zähnen. Maria hat sich also mit aller Kraft gewehrt. Pavels Mund ist so trocken als hätte er literweise Sand in sich hinein geschaufelt. ‚Das ist sie, das ist Maria. Die Herren möchten mich entschuldigen.' Er ergreift die Flucht. Zuerst hastet er noch im schnellen Schritt durch die Gänge, doch als er das Gebäude verlässt, verfällt er in einen Trab, der schließlich zu einem Sprint wird. Und die ganze Zeit, in der er durch die Gassen von Lehen und Liefering hetzt, dröhnt Mozarts Confutatis in seinem Schädel, so als wolle ihn der Maestro posthum zu einer Bestzeit anspornen. Als er seinen Wagen erreicht, glaubt er gleich niederzubrechen. Nur noch nach Hause und versuchen zu schlafen, alles andere wird warten müssen.

Sonntag

‚Dass die Kleine so enden musste, ist absolut inakzeptabel, Dmitri. Wenn wir Glück haben, ist die Spur noch heiß und wir können den Bullen ein Schnippchen schlagen.' Ein kurzes ‚ich melde mich' und das darauf folgende Summen vom anderen Ende der Leitung gibt Pavel zu verstehen, dass Belev verstanden hat. Er mag seine direkte und ohne Umschweife zu Sache kommende Art. Plötzlich klingelt das Telefon erneut. Zögerlich nimmt Pavel es in die Hand und äugt auf das Display. Heiliger, nicht jetzt. ‚Bubicza, wie geht es Dir?' Sara. ‚Man lebt, Schwesterlein, man lebt. Wie kann ich dienen?' ‚Sei nicht so schroff, Elender! Ich stehe hier vor Deinem Haus, aber Du scheinst wie immer ausgeflogen zu sein. Würdest Du den Anstand haben und mich herein lassen, schließlich ist die Überraschung nun ohnehin zum Teufel.' Pavels Stirn wird zur Salztränke. Vor rund zwei Jahren hatten sich seine Mutter und Sara einige Tage im Voraus zu einem Besuch angekündigt und er musste für die Zeit die ausladende Villa eines befreundeten Arbeitskollegen unter dem Vorwand mieten, er würde dort für mehrere Tage einen Film drehen. Das etwas schwülstige Ambiente seines Zuhauses erklärte er seiner Familie damit, dass er seit geraumer Zeit als Möbeldesigner arbeite und der Markt momentan derlei bunten Prunk verlange. Diese lächerliche Fassade aufrecht zu halten hatte er schon damals als unendlich grotesk empfunden, nun aber würde es schlicht unmöglich sein. ‚Ich hole Dich in zehn Minuten ab, lass uns vorerst etwas trinken gehen, einverstanden Süße?'

Nach anfänglichem Murren gibt Sara nach und Pavel schlüpft unrasiert und mit zerzaustem Haar in die Kleidung vom Vorabend.
Pavel mag das Café ‚Fürst'. Hier werden ihm die Menschen mit einem Mal erträglich und er kann trotz dem immensen Lärmpegel Bücher von Descartes und Hegel verschlingen. Er erinnert sich noch an eine besondere Szene, die im hier einmal im Frühsommer widerfahren ist. Er hing akribisch an Platos Staat, von dem er nur aufsah, um an seinem Verlängerten zu nippen, als ihn eine Frau um die Fünfzig, mit Perlen und Geschmeide behangen und halb in buschigen Pelz gehüllt, von der Seite ansprach. ‚Handelt es sich dabei um den österreichischen Staat?' Pavel musste unverhofft schallend lachen und als die Frau in sein Gelächter einstimmte, hätte man meinen können, Mutter und Sohn verstünden sich bedingungslos.

‚Was ist los mit dir, Brüderchen, ich erinnere mich nicht, dich je so fahrig erlebt zu haben.' Er fährt sich seufzend durchs Haar und zuckt erschreckt zurück, als er über die Kruste am Hinterkopf streift. Es wird nichts mehr helfen, ihr etwas vorzumachen, denn sie ist clever. Warum also nicht für eine tabula rasa sorgen, vielleicht wird es ihn erleichtern. Und so fängt Pavel an und endet mit dem heutigen Tag. Es vergehen Minuten der Stille, in denen Sara mit sich ringt. Schließlich holt sie tief Luft. ‚Du bist zu einem Scheusal geworden! Die Armut von damals hat dich zu einem amoralischen und asozialen Kapitalisten gemacht. Ich kann mir nicht vorstellen, dass du mit deiner ach so intellektuellen Art innerlich doch so unbeseelt und rüde sein kannst. Pavel, du bist mir völlig fremd!'

Pavel kennt sich selbst nicht mehr, wie also soll sie ihn verstehen. ‚Du hast ja Recht, ich habe mich selbst der Menschlichkeit entbunden. Und ich bin krank davon. Es ist an der Zeit, das alles hinter mir zu lassen und neu anzufangen, auch wenn es beschwerlich scheint.' ‚Du widerst mich an.' Sara fährt ruckartig von der mit grünem Leder bezogenen Bank hoch und flieht mit verstörtem Gesicht aus dem Café. Pavel will ihr folgen, doch er fühlt sich unfähig aufzustehen.
Belev reicht ihm plötzlich nicht mehr. Er wird die Mädchen in Kenntnis setzen müssen und sie bitten, sich umzuhören. Falls Magdalena das nicht längst veranlasst hat. Nichts scheint ihm momentan nötiger als der Ablass, den ihm die Aufklärung des Falls zuteil werden ließe.

* * * * *

Belev klopft. Werner ist für gewöhnlich immer zu Hause. Er kniet bestimmt wieder an seinem Panoramafenster und masturbiert, während er die auf der Strasse vorbei flanierenden Damen mit seinen Wieselaugen fixiert. Belev weiß das, weil dieser es ihm bereitwillig erzählt hat. Außerdem ist Werner von der Obsession befallen, die Vorgänge in den Strassen unter ihm vom Balkon aus mit in alle Richtungen tastenden Videokameras festzuhalten. Denn der Überblick von hier oben ist grandios. ‚Ich komm ja!' Belev vernimmt ein Rascheln und Haspeln, das sich der Tür nähert. ‚Belev, komm rein', während er sich den Bund seiner Hose auf die rechte Etage zieht. Das erste, das ihm auffällt, ist der Geruch von Moder, der hier alles zu durchdringen scheint, ganz als hätte Werner sämtliche Garnituren aus dritter Hand. Während draußen die Sonne kurz vor dem Zenit steht, ist hier drinnen jegliches Licht durch schwere Vorhänge ausgesperrt. ‚Lass uns auf den Balkon gehen!' Belev tritt ins Freie und muss seine Augen von der auf ihn einflutenden Helligkeit schützen. ‚Sieh dir das an! Ich hab meine Kinder mit Bewegungssensoren ausgestattet. Damit bleibt kein Vorgang dort unten unbemerkt.' Was Belev auffällt ist, dass der Typ ihm genau wie an dem Abend, an dem er ihn kennen gelernt hat, permanent um die Beine schwänzelt, als wäre er bemüht zu gefallen. Ausgezeichnet. ‚Werner, du hast nicht zufällig ein Band von Freitagnacht, auf dem du Ungewöhnliches beobachtet hast?' Werner setzt ein verstohlenes Grinsen auf. ‚Ich denke, ich hab da was für dich!' Und schon schwänzelt er mit einem freudigen Glucksen zurück ins Dunkel. ‚Sieh dir das an!' Belev schwenkt vom Balkon wieder zurück in die muffige Höhle und wendet seinen Blick auf einen riesigen Flachbildschirm, der ihm zuvor im Dunkel nicht aufgefallen war. Nun aber taucht der vom Gerät ausgehende Schein den Raum in verheißungsvolles weiß und schon erblickt er die Althofenstrasse, die nächtlich unter ihm liegt. Plötzlich schwenkt die Kamera in Richtung Lehener Park und man sieht in leichter Unschärfe Maria Sarlov, wie sie mit etwas zögerlichem Schritt die Schießstattstrasse quert und in Richtung Park steuert. Ein Moment Stille. Die Kamera unfähig, Maria durch das Astgewirr zu folgen. Sekunden später eine dunkle Gestalt, die hastig in Richtung Dickicht drängt. ‚Jetzt passiert länger nichts, aber das Spannendste kommt noch!' Werner drückt auf die FAST FORWARD Taste. Plötzlich sieht man Methusalem selbst mit einem roten Rollwagen im Schneckentempo in die gleiche Richtung zuckeln. ‚Und jetzt hör dir das

an.' FAST FORWARD. Ein grausamer Schrei, der Belev durch Mark und Bein fährt. STOP. ‚Frag mich nicht, was da passiert ist. Ich hab sogar schon mit dem Gedanken gespielt, das Band der Polizei zukommen zu lassen.' ‚Und was hättest du davon? Sie würden Fragen stellen und schließlich könntest du deinen ganzen Kram einpacken. Denn Voyeurismus wird nicht gerne gesehen!' Werner tritt von einem Bein aufs andere. ‚Hast du eine Kopie von dem Band?' Werner presst ein ‚nein' hervor. ‚Gut, dann werde ich das Original mitnehmen und du kannst von Glück reden, nichts weiter mit dieser Angelegenheit zu schaffen zu haben.' Mit diesen Worten zieht er ihm das Band aus dem Rekorder und winkt im Hinausgehen ein ‚aber' von Werners Seite mit erhobener Hand ab. Die Aufnahme hat Datum und Uhrzeit angezeigt, außerdem ist Belev irgendetwas aufgefallen, er weiß nur noch nicht so recht was.
Bei sich zu Hause angekommen legt er das Band sofort in seinen Videorekorder, um das Bild von der dubiosen Gestalt auf seinem Fernseher einzufrieren. Trotz der schlechten Beleuchtung meint er zu erkennen, dass der Mann blaue Jeans und ein dunkles Hemd trägt. Als sein Blick jedoch auf die Schuhe des Kerls fällt, greift Dmitri sofort zum Hörer.

* * * * *

Zwischen 1.14 Uhr und 1.37 Uhr also. Ob diese Zeitangabe helfen wird, muss Pavel erst sehen. Sicher aber ist, dass diese weißen Stiefel jemandem aufgefallen sein müssen. ‚Bitte hört mir kurz zu!' Magdalena bringt den tuschelnden Rest der Mädchen mit einem Zischen zum Schweigen. ‚Ich würde gerne wissen, ob eine von euch am Freitag einen Typen gesehen hat, der auffallend weiße Lederstiefel trug. Der Rest des Outfits war eher dunkel gehalten. Der Kerl hat mir Ärger gemacht und ich bin euch für jegliches Indiz dankbar.'

Warum sie jetzt schon mit der ganzen Wahrheit belasten. Und die Montagszeitung würde ihnen das Vorgefallene ohnehin nicht verraten, denn keines der momentan engagierten Mädchen beherrscht die deutsche Sprache gut genug, um sich an den hiesigen Nachrichtenblättern zu erfreuen. Doch wider Erwarten hat keines der Mädchen etwas beobachtet und das obwohl ihre Augen berufsbedingt geschult sind. Nicht der geringste Hinweis. Pavel eröffnet der Runde mit einem Seufzer, sich nicht weiter vom ihm belästigen zu lassen, denn er weiß, dass die Zeit vor dem Abend den Mädchen ganz alleine gehören soll. In diesen Stunden bereiten sie sich vor, tauschen sich aus und beratschlagen sich gegenseitig in diesen und jenen Dingen. Die Spur ist in dem Moment erkaltet, in dem sie heiß geworden ist. Er schlendert geistesabwesend die Treppen zu seinem Appartement hoch. Was also tun? Er lässt sich aufs Bett fallen. Belev ist bereits informiert und ihm selbst fehlen als leicht weltfremden Misanthrop weitere nützliche Kontakte zur Außenwelt, die er momentan so bitter nötig hätte. Sein Versuch, auf eigene Faust zu Ergebnissen zu kommen, ist kläglich gescheitert. Stattdessen hat ihn der Herr Kommissar erneut vorgeführt. Er kann nur warten. Pavel schließt die Augen. Er denkt an Sara und an die Dinge, die sie ihm an den Kopf geworfen hat. Warten. Er beschließt, sich ein Glas Scotch zu gönnen, um seine wirren Gedanken ein wenig zu zügeln, und als er mit dem Blick in Richtung Plafond vor sich hin sinniert, verfällt er in unruhigen Schlaf.

Montag

Das Telefon weckt Pavel. Völlig verstört nimmt er den Hörer ab und bringt nur ein klägliches Grunzen zuwege. Die Gerichtsmedizin. Es wäre an der Zeit, an die Bestattung des Mädchens zu denken, denn das Ableben sei nun bereits zwei Tage her. Pavel möge sich, da er der einzige Kontakt der Verstorbenen sei, doch bitte um alles Nötige bemühen. Der Umstand, dass er – der gefühlt Verantwortliche an Marias Tod – nun derjenige sein würde, der als letzter im Reich der Lebenden ihrer eingedenk sein soll, lässt Pavel schaudern. Mit den Worten, er werde sich um alles kümmern, legt er auf. Unten sind Magdalena und die Putzfrauen noch am Werk, die Spuren der Nacht zu beseitigen. Pavel sieht sich um. Schräg gegenüber der Bar hängt ein mannshohes Poster der nackten Marilyn Monroe, die Beine im Knien zur Seite angewinkelt, den Kopf leicht in den Nacken gelegt, von der linken Hand possierlich gestützt. Dabei hat sie die Lippen leicht geschürzt und den Blick lasziv gesenkt. Pavel wird das Gefühl nicht los, dass sie ihn innerlich verhöhnt und obgleich sie gänzlich verführerisch auf andere wirken mag, bereitet ihm ihr dekadentes Grinsen Unwohlsein.
Pavels Verhältnis zu den Frauen war immer schon etwas befremdlich. Für ihn schien nie der richtige Augenblick für einen derartigen Widerpart gekommen zu sein. Zur Zeit seiner Jugend, in der er umtriebig die Nachbarsdörfer heimsuchte, brachte ihm sein verpickeltes Pfadfindergesicht kein Glück, auch wenn er sich damals unendlich nach den ersten sexuellen Er-

fahrungen verzehrte. Kaum war er nach Österreich ausgewandert, war er auch hier zum Underdog avanciert, hatte selten Arbeit und es stellten sich ihm die ersten Zweifel ein, ob er je sein Glück fände. Er spürte, wie ihn das diametral Gegensätzliche von Mann und Frau, das er durch Beobachtung zusehends wahrnahm, innerlich dazu bewog, sich mehr und mehr in sich selbst zurück zu ziehen. Der Einstieg in die Sexbranche besiegelte ihn als Misogyn, indem er alsbald die natürliche Form der Zuneigung nur mehr als fiktive Mär im Hinterkopf behielt und ihn vor jeglichem Kontakt zu Frauen, der über das rein Oberflächliche und Nüchterne hinausging, graute. Ein weiterer Punkt, der ihn zum absonderlichen Außenseiter stempelt.
Er räuspert sich und verlässt das Rote Huhn mit einem mulmigen Gefühl.

* * * * *

Bestatter haben, ähnlich den Bordellbesitzern, zumeist Hochkonjunktur. Das begreift Pavel sofort, als er durch die schwere Eingangstür mit dem gusseisernen Kreuzbeschlag in das geräumige Foyer der Firma Frisch tritt. Er fühlt sich trotz der üppigen Ledergarnituren, die er sonst so schätzt, alles andere als wohl und spielt kurz mit dem Gedanken, doch alles telefonisch zu erledigen. Doch da nimmt ihn bereits ein Mann mittleren Alters in Empfang und führt ihn in eines der angrenzenden kleineren Zimmer, in denen man zuerst durch die räumliche Abgegrenztheit die Privatsphäre der Kunden zu wahren gedenkt, um genau diese im Nachhinein mit quälenden Fragen zu zerfetzen. Den angebotenen Kaffee und Tee lehnt Pavel dankend ab, denn er würde es sich hier nicht bequem machen.

‚Herr Kovanic, wie haben sie sich denn die Bestattung vorgestellt? Möchten sie die Verstorbene zuvor aufbahren lassen? Wünschen sie eine Messe? Und haben sie einen Platz für ihre Verblichene?' Minutenlang martert Pavels Gegenüber ihn mit Fragen, auf die er so recht keine Antwort weiß. Er schnappt nach Luft. ‚Hören sie, ich selbst kannte das Mädchen kaum. Ich denke, dass eine Einäscherung und die anschließende Bestattung am Vergessenenhügel ihrer Situation gerecht würden. Keine Blumen, keine Pate, kein irdischer Schnickschnack. Nur eine Messe soll man lesen, die ihr gewidmet ist.' Pavel empfindet alle Begleiterscheinungen eines Begräbnisses in dem Fall als unangebracht, da sie nur den Hinterbliebenen dienen würden. Die Wogen im Gesicht des Bestatters glätten sich wieder und er eröffnet Pavel, dass somit nur noch die Wahl der Urne bleibe. Der Mann bittet ihn höflich in einen hell erleuchteten Raum, in dem sich Sarg an Sarg reiht, durchsetzt von Kerzen und Gestecken aus Kunstblumen. Pavel schluckt. Er folgt seinem Peiniger in den hinteren Teil des Raums, in dem auf mehreren breiten Holzbalken verschiedenste blank polierte Behältnisse in Reih und Glied versammelt stehen. Sein Blick fällt auf eine weiße Urne auf dem obersten Brett, die unterhalb des Deckels von einem hellblauen Ring umschlossen ist. Er tippt wortlos mit dem Zeigefinger dagegen. Der Bestatter nimmt sie bereitwillig vom Platz und verlässt mit Pavel den Raum.

* * * * *

Mittwoch um die Mittagszeit soll Maria also endlich Ruhe finden. Pavel begreift nicht, wie schnell man von der Welt getilgt ist und nichts an einen erinnert.

Er hat sich bereit erklärt, die Kosten für die Bestattung zu übernehmen, denn Schriebel hat aus Marias Wohnung offensichtlich nichts lukrieren können, das für ein ordentliches Begräbnis gereicht hätte. Was Pavel jedoch etwas verwundert, ist dass die Kleine als Mordopfer dennoch so schnell den Weg in die Erde finden soll, was für die Scheißangst des Kommissars vor zuviel Lärm um etwaige finanzielle Machenschaften spricht.
Als er die Tür zu seinem Wagen aufsperrt, fällt sein Blick auf die Sonntagsausgabe des Tagblatts, welches bislang unangetastet auf der Rückbank gelegen ist. Es dauert nur einen Augenblick, bis sich seine Erwartungen erfüllen:

Mord an einer Prostituierten!

In der Nacht von Freitag auf Samstag wurde im Lehener Park eine Prostituierte tot aufgefunden. Die Polizei geht von Mord aus. Die Ermittlungen laufen.

Nun ist das Spiel also öffentlich geworden. Dennoch hat er einen Vorsprung. Einen Vorsprung, den es zu nutzen gilt.

* * * * *

Belev hat angerufen. Keiner hat Maria an diesem Abend gesehen, selbst die Anrainer, die er den ganzen Sonntag über befragt hat, konnten keinerlei Auskunft geben. Nur den Schrei, den haben die meisten vernommen, aber da war alles schon vorüber. Er steckt fest. Er hat Dmitri noch gefragt, ob er herausfinden könne, wo der Kommissar wohne und als Belev prompt mit der Adresse antwortete, war Pavel zumindest für den Moment zufrieden.

Bei seiner Rückkehr ins Huhn schlägt Pavel tumultartiger Lärm entgegen. Die Mädchen hasten ameisengleich durcheinander und werfen sich gegenseitig Sätze in allen Sprachen an den Kopf, als hätten sie einen häretischen Turm in den Himmel gebaut. Magdalena kommt auf Pavel zu gerannt und eröffnet ihm, dass die Mädchen Wind von dem Mord bekommen hätten und stinksauer darüber seien, dass er sie nicht informiert habe. Pavel bittet um Gehör, während er wie ein Oberlehrer vor der Klasse schallend in die Hände klatscht. ‚Ich habe keine von euch verunsichern wollen! Von jetzt an aber verlasst ihr die Arbeit immer nur zu zweit! Ich habe bereits dafür gesorgt, dass ihr in größtmöglicher Sicherheit seid, solange die verantwortliche Person noch auf freiem Fuß ist.'

Einen Dreck hat er veranlasst und kein bisschen hat er bis jetzt erreicht. Dennoch scheinen Pavels Beschwichtigungen die Mädchen ein wenig zu beruhigen. Da tritt die Jüngste – Elena – aus dem Kreis hervor und flüstert Magdalena etwas ins Ohr. Magdas Augen weiten sich. ‚Die Kleine möchte gerne etwas sagen!' Und Elena in gebrochenem Deutsch: ‚Freitag ich war mit Arbeit fertig. Bin mit Fahrrad gefahren in Richtung Hause, da habe ich gesehen Maria.' Einige der Mädchen scheinen zu verstehen und fassen sich verängstigt an der Hand. ‚Ich steige von Rad, da habe ich erkannt, dass Mann bei Maria. Ich wollte fahren, da hat Mann Maria in Auto geschlagen. Ich habe aufgeschrieben Nummerntafel, aber dann ich bin fort. Ich hatte solche Angst.' Und mit Tränen in den Augen springt sie Pavel in die Arme und drückt ihren zierlichen Kopf an seine Brust. Und er, der Fleischverschacherer, drückt sie ebenfalls fest an sich, als würde er sein Töchterchen herzen. Pavel sieht Elena fest in die Augen. ‚Jetzt kriegen wir ihn, Elena!' Mit diesen Worten entlässt er sie und ergreift stattdessen Magdalenas Hand. Mit einem abermaligen ‚jetzt kriegen wir ihn' zieht er sie zur Seite. ‚Ich muss dich etwas bitten, Magda. Ich weiß es ist vielleicht viel verlangt, aber tu mir einen letzten Gefallen!' Sie blickt ihn verstört an. ‚Geh morgen früh auf die Polizeiwache. Gib eine Fahrerfluchtanzeige auf. Sag, du hast dir noch die Nummer des Kennzeichens aufschreiben können und dann versuche mit allen Mitteln, dass du an den Namen kommst, der hinter dieser Nummer steckt. Ich muss diesen Namen erfahren, Magda, ich flehe dich an!' Sie sieht zu Boden und nach einer längeren Pause nickt sie stumm. ‚Ich danke dir! Und bitte gib heute Nacht besonders auf die Mädchen Acht.' Damit entlässt er ihre Hand und steigt hoch in sein Refugium.

Dienstag

Magda ist nervös. Sie nimmt im hinteren Teil der Buslinie 3 in Richtung Polizeidirektion Platz und hält ihre Handtasche schützend auf dem Schoß. Sie hat sich dazu entschieden, ein freches Outfit anzulegen, allerdings ein nicht allzu flottes. Falls sie auf den falschen Angestellten oder eine Angestellte treffen sollte, würde sie einfach noch den Pullover überziehen, welchen sie, sorgfältig in einen Plastiksack verstaut, in ihre Tasche gesteckt hat. Herr Kovanic hat ihr in der Früh noch einmal alles Gute gewünscht und ihr verdeutlicht, wie wichtig ihre Aufgabe sei. Magda verspürt einen leichten Schweißfilm auf ihren Handinnenflächen. Schließlich hat er ihr einen Kuss auf die Stirn gedrückt, was völlig unnatürlich für ihn ist. Sie hat nie zuvor einen Menschen erlebt, der so instinktiv vor jeder körperlichen Nähe zurückschreckt. Dabei ist er durchaus attraktiv und hätte er sie je danach gefragt mit ihm auszugehen, sie hätte ihn nicht auf eine Zusage warten lassen. Umso nervöser sieht sie die Galerie Weilinger am Fenster vorüber ziehen und zwingt sich, nicht an ihren Fingernägeln zu kauen. Als sie aussteigt, klopft ihr das Herz bis unter den Hals und sie muss sich kurzerhand an der Sitzbank der Haltestelle festkrallen, um der Rotation ihrer Eingeweide Herrin zu werden. Weiter, Magda! Als sie Minuten später den halbkreisförmigen Griff der Eingangstür in der Handfläche spürt, wird sie plötzlich völlig ruhig und betritt die Eingangshalle mit sicherem Schritt.

* * * * *

‚Was ist denn passiert', grantelt es zwischen den fleischigen Lippen des Inspektors hervor, der mit seiner wuchtigen Wampe fest in den Schraubstock zwischen Schreibtischbrett und Bürosessel eingespannt ist. Magda fällt auf, dass er etwa in ihrem Alter ist und sie gibt sich selbst höchstens fünf Minuten, sein enerviertes Gemüt in ein interessiertes umschlagen zu lassen. ‚Etwas Furchtbares ist passiert, Herr Major! Mir wurde übel mitgespielt!' Dabei lässt sie sich pompös auf den Stuhl sinken, der am anderen Schreibtischende steht, stemmt sich die linke Hand aufwendig unter die Brust und lässt dabei tief blicken. Der Inspektor räuspert sich und bringt den Flachbildschirm, der auf einem kleinen Podest zwischen den beiden thront, bedenklich ins wanken. ‚Stellen sie sich vor, ich nähere mich heute Morgen nichts ahnend meinem Wagen, da muss ich mit ansehen wie jemand mit seiner Karosse an meinem Fahrzeug vorbeischrammt!' Dabei hebt sie den rechten Unterarm an die Stirn, um für ein wenig Bauchfreiheit zu sorgen. Sie würde einfach die uralte Schramme an der Seite ihres Mazdas anführen, so könnte die ganze Sache auch noch ihr Gutes haben. ‚Haben sie irgendwelche Informationen über den flüchtigen Wagen? Ansonsten wird die Identifikation schwierig!' Der Bulle tadelt sie mit einem Blick, der einem Kind gelten könnte, welches soeben sein Spielzeug kaputt gemacht hat. ‚Aber Kommandante, natürlich, sonst würde ich sie niemals belästigen.' Sie würde den wuchtigen Leib des Inspektors noch mit den Ehren des Präsidenten ausstatten und ihn zu ihrem Ritter schlagen, er würde schon sehen. ‚Der Wagen war weiß und ich habe mir auch die Nummer aufschreiben können.' Sie reicht ihm, innerlich zum zerreißen gespannt, sanft ein Blatt Papier, auf das mit Lippenstift eine Nummer gekrakelt ist. Beinahe hätten seine prall gefüllten Griffel die Notiz verfehlt. ‚Na, dann schauen wir mal!' Minuten des Schweigens vergehen, in denen Magda fieberhaft überlegt, wie sie an die gewünschte Information kommen soll und der Inspektor mit der widerspenstigen Elektronik ringt. ‚Da schau her!', tönt es aus dem Abgrund und Magda beugt sich blitzartig über den Schreibtisch, um gleich darauf bestimmt und doch sanft vom Herrn Inspektor zurück auf ihren Sessel bugsiert zu werden. ‚Fräulein, so geht das aber nicht! Sie können nicht einfach so Einblick in vertrauliche Daten nehmen!' Magdalena seufzt gespielt und rechtfertigt ihr Handeln mit seiner Aufforderung. Den Rest des Gesprächs lässt sie nüchtern und leicht geistesabwesend über sich ergehen, denn sie hat gesehen, was sie sehen musste. Kleinfeld. Der Mann heißt Kleinfeld. Die Adresse hat sie in dem kurzen Moment zwar nicht erspähen können, aber das würde Herrn Kovanic hoffentlich genügen.

* * * * *

Kleinfeld. Die Autonummer. Ein weißer Wagen laut Elenas Beschreibung. Das muss reichen! Allerdings fällt Pavel nichts Klügeres ein, als an den drei strategischen Punkten, die ihm das Telefonbuch eröffnet hat, Stellung zu beziehen und nach dem Wagen Ausschau zu halten. Fürstenallee, Schrannengasse und Billrothstrasse. Dort wird der Tanz stattfinden. Heute Abend, er muss seine Figuren nur noch in Stellung bringen. Er entschließt sich dazu, Magdalena in die Fürstenallee zu schicken, ein ruhigeres Plätzchen, das ihr Auge nicht überfordern würde. Er selbst wird die

Billrothstrasse übernehmen und Belev bitten, die Schrannengasse ins Visier zu nehmen. Er hofft, dass die Polizei noch nichts Näheres erfahren hat, sonst könnte die Aktion frühzeitig aus dem Ruder laufen. Sollte ihn Schriebel an einem weiteren für den Mordfall relevanten Ort aufgabeln, würde er ihn zweifelsohne für längere Zeit auf der Wache behalten. Zeit, die Pavel nicht hat. Er zündet sich eine Zigarre an, während er brütend auf das ersehnte Dämmerlicht wartet.

* * * * *

Pavel

Ich hab die ganze Umgebung abgesucht. Nichts! Nicht einmal ein weißer Wagen in der Nähe. Wie sieht es bei euch aus?

Magda

Bei mir sieht es ähnlich aus. Hier ist überhaupt nicht viel los.

Belev

Nichts.

Pavel beschleicht das dumpfe Gefühl, dass seine Aktion völliger Schwachsinn ist. Wieso sollte der Kerl, von dem er nicht einmal sicher weiß ob er überhaupt der Täter ist, ausgerechnet heute Abend und zu dieser Zeit zu sich nach Hause kommen. Vielleicht hat er sich ja den Wagen eines Freundes ausgeborgt? Herrgott! Pavel könnte sich für seine Naivität ohrfeigen.

Magda

Herr Kovanic, was ist, wenn der Mann eine Privatgarage besitzt und er den Wagen längst geparkt hat?

Selten hat sich Pavel so sehr verabscheut. Das Letzte, das er bis jetzt noch an sich selbst geschätzt hat, war sein Geist gewesen, sein schneidender Verstand, der ihn oftmals dazu verdammt hat, unverstanden durch die Welt zu wandeln. Doch offenbar lässt der ihn nun im Stich.

Pavel

Du hast Recht, Magda, der Plan war nicht recht durchdacht, Ich denke wir sollten...

Belev

Bingo!

Sekundenlang nichts. Pavel wagt nicht zu atmen, so sehr fürchtet er, ein Wort von Belev durch den Hörer zu verpassen.

Belev

Der Wagen steht etwas abseits. Ich dachte mir, ich werfe mal einen Blick in die Rainerstrasse und da steht er, ein weißer VW, Kennzeichen wie gehabt.

Pavel setzt sich mit sirrendem Kopf an den Straßenrand. Was nun? Daran hat er noch nicht gedacht.

Belev

Soll ich rauf zu ihm? ich hab mein Messer dabei!

Pavel

Nein, noch nicht!

Er muss nachdenken. Tausend Gedanken schwirren ihm durch den Kopf. Er entscheidet sich, bis morgen zu warten.

Pavel

Belev, tu mir den Gefallen und pass' bis morgen auf den Wagen auf und behalte die Schrannengasse im Auge. Ich ruf dich an, sobald ich mich für das weitere Vorgehen entschieden habe. Falls du den Eindruck hast, dass der Typ abhauen will, meld dich sofort.

Belev

Geht klar.

Klick. Während Pavel den Wagen anlässt, um Magdalena in der Fürstenallee aufzugabeln, verwirft er den Gedanken, Belev jetzt schon in die Wohnung Kleinfelds zu schicken. Dmitri ist trotz ihrer eigenartigen Verbindung zueinander so etwas wie ein Freund für ihn geworden und er will ihn keinesfalls unvorbereitet in die Hände eines Psychopaten treiben, auch wenn er ein zäher Bursche ist. Er gibt seinem Gefährt die Sporen, denn es ist fast schon Mittwoch und er will Magda ungern länger warten lassen. Er weiß, was er tun wird und das gleich morgen früh.

Stumm lenkt Pavel den Mercedes durch die Strassen des nächtlichen Salzburgs in Richtung Nonntal.

Mittwoch

Auch wenn die beiden dumm wie Brot sind, so sind sie dennoch die einzigen, die Pavel als ausreichend abkömmlich für den Job erachtet. ‚Ja, Vladimir, ihr bekommt das übliche Honorar plus einem fetten Bonus, wenn ihr mir verschafft, was ich brauche. Morgen! Eure Mittel sind mir einerlei, nur bringt den Kerl nicht um.'
Pavel muss sich sicher sein. Er hat Dmitri gebeten, bis auf weiteres als Schatten von Kleinfeld zu fungieren, denn dessen Verhalten könnte zusätzlich aufschlussreich sein. Falls der Mistkerl vorhat zu türmen, weiß Dmitri Bescheid. Er wird ihn herbringen. Lebendig, wenn auch nicht unbedingt im Ganzen. Pavel klemmt sich hinters Steuer.

Als er den Kommunalfriedhof erreicht, läutet die Glocke bereits zur Messe. Er hastet die Stiegen hinauf und bekreuzigt sich beim Eintreten durch die Schwelle mit geweihtem Nass, ein Ritual, das er als Junge erlernt und seither nicht abgelegt hat, obwohl ihm die irdischen Zweigstellen Gottes längst nichts mehr bedeuten. Pavel betritt das Mittelschiff und bemerkt, dass die Kirche völlig menschenleer ist. Ein Mann um die siebzig kniet in der vorletzten Reihe und betet mit geschlossenen Augen. Pavel nimmt im Mittelteil des rechten Kreuzganges Platz und lauscht den andächtigen Worten des Pfarrers. Pavel glaubt nicht an das Unsterbliche im Menschen. Seines Erachtens würde er einst, genau wie Maria auch, unbemerkt im Nichts des Alls verpuffen. Denn alles, was in seinen Augen

bleibt, ist die Erinnerung anderer. So haben es schon viele zu einem Status gebracht, welcher der Unsterblichkeit passabel nacheifert, doch unterm Strich sind wir alle Fliegendreck auf der Windschutzscheibe von Mutter Evolution. Dennoch akzeptiert er eine Art schöpferische Entität am Anfang aller Dinge, die für seinen Verstand nicht fassbar und daher auch nicht zu benennen ist. Diese Einseitigkeit von Pavels Weltbild fußt wohl auf dem elementaren Pessimismus, der sich wie ein Borkenkäfer durch sein Gehirn gefressen hat.
Als der Pfarrer mit seiner Predigt endet, in der notgedrungen nicht ein zutreffendes Wort über Maria gefallen ist, schlendert Pavel gedankenverloren in Richtung Grabhügel. Schon von der Entfernung sieht er die ins Mittagslicht getauchte Anhöhe verlassen daliegen. Pavel blickt auf die Uhr. 12.13 Uhr. Er steigt den kleinen Hügel hinauf und erblickt oben angekommen ein Mosaik teils frischen, teils älteren Grases, durchsetzt von einigen Flecken brauner Erde. 12.20 Uhr. Kein Pfarrer oder sonst jemand in Sicht. Pavel macht sich allmählich Sorgen, den Termin falsch im Kopf behalten zu haben und entscheidet sich, bei der Friedhofsverwaltung nachzufragen. ‚Sarlov Maria, lassen sie mich mal nachsehen.' Der stämmige Mann um die fünfzig kramt in einem Gewirr bunter, gänzlich unpassender Kärtchen, bis er die Suche nach dreifachem Durchforsten der Kartei aufgibt. ‚Tut mir leid, aber ich habe hier keinen Eintrag für heute und auch nicht für die kommenden Tage.'
Vielleicht hat Pavel sich doch vertan und der Bestatter hat die Friedhofsverwaltung noch gar nicht informiert. Als er den Türgriff des Verwaltungsgebäudes bereits in seiner rechten Hand spürt und ihn nach unten drücken will, ruft ihm der eben Befragte vom anderen

Ende des Ganges ein ‚bitte warten sie' nach. Pavel dreht sich um. ‚Es tut mir schrecklich leid ihnen das mitteilen zu müssen, aber Frau Sarlov ist bereits gestern Nachmittag beerdigt worden. Ich bin mehr durch Zufall darauf gestoßen, da ich mit der Bestattungsarchivierung der letzten Tage fortfahren wollte.' Pavel würgt. ‚Sie wurde bereits bestattet, sagen sie?' ‚Ja, anscheinend ist sie gegen 16.00 Uhr am Vergessenenhügel beigesetzt worden, mehr kann ich ihnen nicht sagen.' ‚Können sie mir wenigstens zeigen, wo die Stelle liegt?' ‚Ich kann ihnen da nicht helfen, sie müssten nach dem Urnenträger des Bestattungsunternehmens fragen und dieser muss sich dann auf dem Gewirr des Hügels orientieren, um die richtige Stelle wieder zu finden. Sie müssten Glück haben, wenn sie diese nun noch mit Sicherheit wieder finden, denn der Hügel ist in letzter Zeit einigermaßen frequentiert. Bitte verzeihen sie die Unannehmlichkeiten, ich hoffe die Sache lässt sich noch zu ihrer Zufriedenheit klären.' Mit diesen Worten dreht sich der Verwaltungsbedienstete um und lässt Pavel halb im stickigen Gang, halb im sonnigen Freien stehen.
Als Pavel sich in Richtung Frischluft dreht, überkommt ihn ein Schwindelanfall, der ihn dazu zwingt sich kurzerhand mit beiden Händen an der Außenkante der Tür fest zu klammern. Nachdem er Minuten später wieder halbwegs zurück aus seiner Benommenheit findet, tritt er endgültig ins Freie und greift zu seinem Mobiltelefon. Die Polizeidirektion habe aus nicht genauer genannten Gründen auf einen früheren Termin für die Beisetzung gedrängt und Herr Kommissar Schriebel sei persönlich dafür eingestanden, dass dies ohne die Zustimmung von Herrn Kovanic von statten gehen könne, da dieser in keinerlei ver-

wandtschaftlichem Verhältnis zur Verschiedenen stehe. Pavel schwindelt aufs Neue, während er ungläubig auf den AUFLEGEN Knopf drückt. Das Maß ist voll, der Bulle hat den Bogen eindeutig überspannt.

* * * * *

‚Ich hab mich an die Fersen des Kerls geheftet, wie versprochen. Eins kann ich dir sagen, der Typ sieht nicht sehr feierlich aus. Kreidebleich und verlottert wie ein Penner hat er heute Vormittag das Haus verlassen. Ich wollte eigentlich gleich zugreifen, bin ihm aber vorerst nur gefolgt. Kleinfeld scheint Vater zu sein, denn er hat ein kleines Mädchen vom Kindergarten abgeholt und ist mit ihr wieder zurück in die Wohnung gefahren. Keine halbe Stunde später ist allerdings seine Frau, Exfrau oder was weiß ich fast genauso kreidebleich die Wohnung zu ihm hoch gehastet und im Nu mit der Kleinen im Arm wieder davon gebraust. Mir scheint, der Kerl läuft aus dem Ruder.' ‚Ich danke dir, Dmitri! Sei so gut und bleib dran! Im Laufe des morgigen Tages wissen wir dann definitiv Bescheid.'
Dass ein Familienvater ein so kaltblütiger Mörder sein soll, das will Pavel trotz der verdächtigen Verfassung Kleinfelds nicht so recht schmecken. Eine solche Tat wäre nur durch einen Affekt zu erklären, denn wer im nüchternen Zustand zu solch einem Mord fähig ist, wäre danach wohl eher neu geboren als körperlich dermaßen gezeichnet. Pavel kommt aus dem Grübeln nicht mehr heraus, während er den Wagen gemächlich auf einen der Parkplätze der Oberbank in der Alpenstrasse lenkt.

* * * * *

‚Fach 34, bitte.' Die adrette Dame mit dem nussbraunen Haar führt ihn nach hinten, dorthin, wo viele Kunden ihr Wertvollstes sicher verstaut haben wollen. Pavel greift nach der metallenen Kassette und begibt sich in den vor Einsicht geschützten Nebenraum. Er öffnet das Kästchen und verstaut den Inhalt mit mechanischen Bewegungen in den Tiefen der ledernen Aktentasche, die er sich zuvor aus dem Huhn geholt hat. Schließlich händigt er die Kassette, die merklich an Gewicht verloren hat, am Empfang wieder aus und verlässt die Bank mit einem Ausdruck von Kälte in den Augen, welche diejenigen, die ihn kennen, erschreckt hätte.

Donnerstag

‚Herr Kovanic, wir haben keinerlei weiße Stiefel in der Wohnung vorgefunden. Bertl hat extra auch die Schränke durchstöbert. Eines ist uns aber aufgefallen, nämlich dass der Kerl die Mittwochszeitung mit dem Bericht über den Mordfall offen am Tisch liegen hatte. Was zwar Zufall gewesen sein kann, aber ich dachte mir, es könnte sie interessieren. Und das haben wir wie versprochen mitgebracht.' Mit einem dümmlichen Grinsen hält er Pavel einen Frischhaltebeutel vor die Nase, in der sich ein am Ansatz abgetrennter und bereits bläulich verfärbter Mittelfinger befindet. Außen Toppits, innen Geschmacklosigkeit. Herrgott, er hätte dem Idioten sagen sollen, dass ein Büschel Haare gereicht hätte. ‚Wissen sie' tönt Vladimir verspielt ‚ich habe mir erlaubt, dem Kerl einen zweiten Finger abzuschneiden, denn ich habe vor einiger Zeit mit zwei Freunden eine Idee diskutiert, die zu einer Sammlerleidenschaft geführt hat.' Pavel gebietet seinem Geschwätz mit einer Handbewegung Einhalt und nimmt ihm den Frischhaltebeutel ab. Er überreicht ihm stumm das besprochene Honorar plus Zuzahlung und bedankt sich knapp für die Erledigung des Auftrags. Er werde sich wieder melden und die beiden weiterempfehlen. Mit einem leichten Nasenrümpfen über Kovanics Desinteresse packt Vladimir Bertl an der Schulter und verlässt mit ihm grobschlächtig polternd die Kulisse.
Voll Ekel legt Pavel den Beutel auf dem Beistelltisch seines Lederfauteuils ab, setzt sich mit einem Seufzer und greift nach der Ledertasche, die er gestern beiläu-

fig an eines der Holzbeine gelehnt hat. Mit einem Klicken lässt er den Druckverschluss der Tasche aufschnappen und gleitet mit seiner rechten Hand durch mehrere Bündel von Hundertern. Am Boden angelangt stößt sein Mittelfinger als Erster auf das blanke Metall, dessen Einsatz er bis heute vermieden hat. Andächtig zieht Pavel die schallgedämpfte Waffe aus den Tiefen des Leders und streicht mit der Linken sanft den Lauf entlang, während sein Blick in unergründliche Ferne schweift. Schließlich fährt er aus dem Stuhl hoch, wirft sich in einen für das heutige Wetter etwas zu warmen Anorak und verstaut die Waffe unsichtbar in der Innentasche der Jacke. Den Frischhaltebeutel samt Inhalt verfrachtet er in einen zusätzlichen Plastiksack, der keine Einsicht auf das groteske Stück Fleisch gewährt. Dermaßen beladen verlässt er das Bordell.

* * * * *

Noch vor ein paar Tagen ist er gemeinsam mit Schriebel an Marias Leichnam gestanden. Hätte er gewusst, dass dies das letzte Mal sein würde, dass er ihr über das Haar streichen konnte, er hätte es getan und mehr noch, er hätte sie auf die Stirn geküsst. Schriebel hat ihm mit einer gnadenlosen Gründlichkeit jeglichen Abschied verwehrt.
Pavel nähert sich durch eine Reihe von Flügeltüren dem Kern seiner Absichten, dem Raum, in dem Maria am Samstag auf blankem Stahl vor ihm gelegen ist. Da ist er, Raum R1.45 am Ende des Gangs. Pavel wirft einen Blick durch die verglaste Luke und stellt zufrieden fest, dass sich jener Arzt, der Schriebel und ihm am Wochenende Marias Leid aufgeschlüsselt

hatte, gerade mit gewetztem Besteck über einen Körper hermacht. Mit aller Kraft drückt Pavel die schwere Tür auf, macht einen Satz ins Rauminnere und schließt hastig hinter sich. ‚Wer sind sie? Sie können nicht einfach hier reinplatzen!' ‚Sie erinnern sich nicht? Mein Name ist Kovanic, ich habe am Samstag die Leiche einer meiner Angestellten identifiziert und sie sagten, dass sie Haut zwischen den Zähnen hätte, richtig?' ‚Ich erinnere mich, aber bitte erklären sie mir diesen Aufzug. Außerdem sind sie als Zivilperson keineswegs berechtigt, hier unaufgefordert einzudringen!' ‚Ich möchte, dass sie das genetische Profil der Haut mit dieser Probe hier vergleichen!' Pavel hält dem Arzt den Bläulichen vors Gesicht, wie es Vladimir unlängst bei ihm praktiziert hat. Der Arzt schreckt leicht zurück, als er den Finger erblickt und will schon zum Protest anheben, da lässt Pavel den Griff der Waffe langsam einige Zentimeter aus der Anoraktasche gleiten. ‚Sie werden die Analyse machen und sie werden sie jetzt sofort machen, verstehen wir uns?' Der Arzt nickt. ‚Allerdings müssen wir für diesen Zweck einen Stock höher. Hier habe ich nicht das nötige Equipment.' Der Arzt sieht ihn mit der Hoffnung auf vorzeitige Erlösung in den Augen an. Pavel umfasst den Griff der Ruger und nickt seinerseits. ‚Auf geht's, aber machen sie keine Dummheiten! Ich werde nicht zögern, sie in einen der Wandschränke zu befördern!' Mit diesen Worten geleitet er den Arzt zum Lift und macht sich gefasst, seinem Orakel zu begegnen.

Stunden vergehen, in denen der Arzt emsig mit gläsernen Röhrchen, winzigen Gefäßen aus Plastik und allerhand für Pavel unverständlichem Gerät hantiert. Er beobachtet jeden seiner Handgriffe Staunen, verliert jedoch nie die Kontrolle über eine eventuell fehlgeleitete Absicht seines Gegenübers.

Es kommt Pavel so vor, als ob er den ganzen Tag auf dem Hocker verbracht hätte und ein Blick auf seine Uhr verrät ihm, dass er damit nicht so falsch liegt. ‚Hier haben sie den Befund. Das Ergebnis ist eindeutig!' Der Arzt reicht Pavel ein weißes Blatt Papier, auf dem allerlei für ihn kryptische Angaben angehäuft sind. ‚Das Stück Haut aus dem Mund der Verstorbenen stammt nicht von der Person, der sie einen Finger abgetrennt haben. Sie haben ganze Arbeit geleistet. Sind wir also fertig?'

Keine Übereinstimmung. Munter begibt sich der Raum auf eine Umlaufbahn um Pavels Kopf und beinahe wäre er vorn über den Hocker gekippt. Ist Kleinfeld damit aus dem Spiel? ‚Sind wir damit jetzt fertig', fleht ihn der Arzt an, der fahrig und völlig übermüdet wirkt. Pavel zwingt sich auf seine vom Sitzen tauben Beine. ‚Das sind wir in der Tat, ich werde den Inspektor informieren. Ich danke ihnen!' Und damit dreht er sich um und wankt mit unstetem Gang in Richtung Aufzug. Als er endlich außer Sichtweite ist, greift der Arzt zum Hörer und wählt die Nummer der Polizei.

* * * * *

Er muss Schriebel anrufen. Der elende Mediziner hat es ohnehin bereits getan, da ist sich Pavel sicher. Er wird den Kommissar einfach mit Informationen locken und ihn dann ausquetschen, wenn nötig mit Waffengewalt. ‚Ah, Herr Kovanic, ich habe bereits von ihren Heldentaten gehört. Ich wollte gerade einige Kollegen losschicken, um sie endgültig in Gewahrsam zu nehmen, denn sie scheinen mir zu einer regelrech-

ten Gefahr geworden zu sein.' Pavel malt sich das süffisante Grinsen des Kommissars aus und beißt mit aller Kraft die Zähne zusammen. ‚Ich habe Informationen über den Fall Sarlov, die sie interessieren könnten.' ‚Keine Angst, Dr. Lettner hat mich bereits über alle Details ihres analytischen Alleingangs informiert. Aber vielleicht haben ja ihre baldigen Knastbrüder Interesse an ein paar Anekdoten!' ‚Dann kennen sie also auch das Überwachungsvideo von Freitagnacht, auf dem der Täter zu sehen ist?' Pavel setzt alles auf eine Karte. Wenn der Kommissar jetzt nicht anbeißt, hat er womöglich verspielt. ‚Sie bluffen doch, Kovanic', bebt Schriebel vom anderen Ende der Leitung. ‚Sie spüren, dass ihr Kopf in der Schlinge steckt.' ‚Es liegt an ihnen, diesen Fall schnell und sauber zu beenden. Wenn sie das Band interessiert, kommen sie heute Abend um 22.00 Uhr bei mir vorbei. Und lassen sie ihre Hunde an der Kette!' ‚Falls sie meinen, mir etwas vorzuspielen zu müssen, werde ich sie direkt mit aufs Revier nehmen, also machen sie keinen Mist.' Klick.
Pavel wischt sich den kalten Schweiß von der Stirn, denn er hat unverschämtes Glück gehabt. 22.00 Uhr, das gibt ihm noch mehr als genug Zeit, einige Dinge in Ordnung zu bringen und er legt den ersten Gang in die Richtung des Baumarkts an der Sterneckstrasse ein.

* * * * *

Als Pavel gegen 21.00 Uhr ins Rote Huhn zurückkehrt, hat der geschäftige Gang bereits begonnen. Die Mädchen haben sich erwartungsvoll an der Bar in Position gebracht und stumpfen sich mit den ersten Getränken schon ein wenig ab, um das Elend der folgenden Stunden ertragen zu können. Pavel durchquert das Foyer mit hastigen Schritten und erspäht Magdalena hinter der Bar. Er winkt sie unwirsch her und als sie mit einem ja, Herr Kovanic bei ihm anlangt, bittet er sie auf ein kurzes Wort nach oben in seine privaten Räumlichkeiten.

‚Magdalena, hör mir bitte zu.' Er ergreift ihre Hände und ringt nach Luft, während sie ihn mit großen Augen ansieht. ‚Das hier ist eine notariell beglaubigte Schenkungsurkunde, Magda. Ich möchte dir gerne das Huhn vermachen!' Er schließt ihren zum ‚aber' geöffneten Mund mit seinem rechten Zeigefinger. ‚Ich vertraue den wenigsten Menschen und du bist die einzige Person, die ich darüber hinaus mehr als gut leiden kann, auch wenn ich dir das nie gesagt habe.' Sie errötet leicht. ‚In wenigen Minuten wird ein Kommissar der Polizei unten aufkreuzen und egal wie mein Gespräch mit ihm enden wird, ich glaube nicht, dass wir uns gut verstehen werden.' Damit überreicht er ihr sämtliche Papiere. ‚Mach mit dem Huhn was du willst, Magda, führ es weiter oder verkauf es, das ist völlig dir überlassen. Und bitte verzeih mir all das, was ich dir im Lauf der Jahre abverlangt habe. Niemand muss mich mehr verabscheuen als du.' Mit diesen Worten führt er sie, die von seinen Worten zu betäubt ist um zu protestieren, langsam zur Tür. Nun ist er bereit und es beschleicht ihn das leise Gefühl, als würde nun der letzte Akt eines zu Ende gehenden Kapitels geschrieben werden.

* * * * *

Es klopft. Pavel schreitet zur Tür und öffnet. ‚Guten Abend, Herr Kovanic! Ein nettes Etablissement haben sie sich da geschaffen. Wie der Belzebub selbst thronen sie über dem abscheulichen Getümmel des syphilitischen Mobs.' Pavel weist ihn mit einem kurzen ‚Bitte' den Weg zu dem ausladenden Lederfauteuil, er selbst nimmt auf einem Holzstuhl gegenüber Platz. Der Kommissar ist in Zivil gekommen, was Pavel nur recht ist, denn so ist sein Erscheinen wohl kaum jemandem aufgefallen. Schriebel fixiert Pavel mit einem eisigen Blick und kommt sogleich zur Sache. ‚Zeigen sie mir das Video, ansonsten wird unser Aufenthalt hier ein äußerst kurzer sein!' Dabei klimpert er drohend mit einem Paar Handschellen. Pavel erhebt sich und geht mit andächtigem Schritt zu seinem Schreibtisch, in dem er Minuten vorher die Pistole verstaut hat. Er fasst in die oberste Lade und fühlt den filigran gearbeiteten Holzgriff formschön in seiner Rechten. Blitzschnell fährt er herum und lässt Schriebel, der ihn die ganze Zeit über mit Argusaugen beobachtet hat, keine Zeit, selbst seine Waffe zu ziehen, die er zusammen mit den Handschellen als nötiges Mitbringsel erachtet hatte. ‚Und nun erzählen sie mir bis ins kleinste Detail, was sie über den Fall Sarlov wissen!' ‚Einen Dreck werde ich tun! Stattdessen werde ich sie nun endgültig einsperren lassen!' Schriebel fährt entrüstet hoch. Pavel schlägt ihm mit dem von der Waffe gehärteten Handrücken so derb ins Gesicht, dass es den Kommissar zu Boden wirft. ‚Setzen wir uns wieder!' Der Kommissar torkelt benommen zurück auf die Sitzgelegenheit. ‚Wenn sie glauben, sie könnten mich einschüchtern, täuschen sie sich! Sie würden nicht wagen mich zu töten', verhöhnt ihn Schriebel. Pavel schnellt erneut vor und lässt die Kommissarsnase mit einem hörbaren Knacken unter der metallenen Wucht des Revolvers brechen. Diesmal schreit Schriebel auf und ist endgültig in der Realität angekommen. ‚Verdammt, wir wissen noch nichts Genaueres! Wir haben den Kreis der potentiellen Täter erst ein wenig einengen können. Der Mörder ist offensichtlich einen weißen VW gefahren, hat aber abgesehen von den Kratzern am Begrenzungspfeiler und der Haut im Mund des Opfers keine Spuren hinterlassen.' Er hält sich stöhnend die blutende Nase. Pavel beugt sich leicht vor und sieht dem Kommissar fest in die Augen. ‚Die vorzeitige Bestattung Marias war wirklich ein gelungener Schachzug. Sie hätten mich nicht mehr ins Mark treffen können.' ‚Ach, diese dreckige Nutte hat doch niemand vermisst! Von wegen ins Mark getroffen! Die Mädchen sind ihnen doch ohnehin vollkommen egal. Spielen sie mir hier nicht das betroffene Unschuldslamm! Jemand wie sie hat keine Achtung vor der menschlichen Würde!' Pavel hebt die Waffe an Schriebels Kopf. ‚Bis vor kurzem hätte ich ihnen noch ausnahmslos zugestimmt! Aber die Zeiten ändern sich!' Und damit drückt er dreimal in kurzer Folge ab und lässt die Kugeln mit einem eigenartigen Zischen in den Kopf des Kommissars einschlagen. Black. Out.

Schriebel sackt schwerkraftgesteuert in sich zusammen und rutscht in Zeitlupe in eine behagliche Liegeposition, die Beine zum Boden hin gewinkelt, als wären sie verankert. Pavel lehnt sich zurück und nimmt die Hände in den Nacken. Er schließt die Augen, doch seine wirr kontrahierenden Lider weigern sich, für Dunkelheit zu sorgen. Seine Gedanken schweifen ab zu dem Abend vor mittlerweile drei Jahren, an dem eines seiner Mädchen so übel zugerichtet worden war. Ihr Name war Johanna und mit ihrem Hauch von Prüderie, der es ihr verbot die Freier beim Liebesakt anzusehen, geriet sie an jenem Abend an den Falschen. Nachdem der Kerl sie mehrmals dazu aufgefordert hatte, ihn mit ihren Augen zu fixieren und sie dieser Bitte nicht nachkommen wollte, begann er sie in rasender Wut zu schlagen. Er prügelte sie halb tot und schließlich musste sie mit dem letzten Funken von Bewusstsein noch miterleben, wie er sie vergewaltigte. Allerdings schenkte niemand ihrer Geschichte wirklich Glauben, denn Schriebel schob ihr im Zuge der Untersuchung ein kleines Päckchen Heroin unter, diskreditierte sie und ihr Umfeld in jeder denkbaren Hinsicht und unternahm außerdem alles, um den Kopf des Prügelknaben, den er offensichtlich von früher kannte, aus der Schlinge der Justiz zu ziehen. Er kanalisierte das öffentliche Interesse geschickt in Pavels Richtung und schadete ihm dadurch auf dauerhafte Art und Weise. Doch diese Machenschaften hat Pavel nun beendet.

Der fette Leib des Kommissars wird ihm eine letzte schweißtreibende Nacht bescheren und er fühlt sich auf unerklärliche Art und Weise beschwingt, so als ob auch eine Teilschuld an Marias Tod getilgt wäre. Nachdem er sich ein paar Handschuhe übergezogen hat, packt Pavel den Kommissar mit festem Griff unter den Schultern und hievt ihn auf die Abdeckfolie, die er zusammen mit den fünf Rollen Paketklebeband einige Stunden zuvor erstanden hat.

Freitag

Pavel ist völlig am Ende. Er ist heilfroh darüber, dass er es rund zwei Stunden vor Sonnenaufgang geschafft hat, den mittlerweile gut verpackten Kommissar in seinen Kofferraum zu laden. Bei Tageslicht wäre die Aktion nicht lange unbemerkt geblieben und er ist sich nicht einmal sicher, ob ihn nicht auch im Dunkel der Nacht jemand aus der Nachbarschaft beobachtet hat. Egal. Allerdings hätte er sich nie träumen lassen, dass das Klebeband nicht reichen würde, auch wenn Schriebel prall wie eine Weihnachtsgans ist. Vom Kopf abwärts hat er sich in leicht überlappenden Ringen nach unten gearbeitet, doch die letzte Rolle hat sich zehn Zentimeter unterhalb der Kniescheibe verabschiedet. Der Kommissar sieht nun ein wenig nach dem Michelinmännchen aus, nur seine Schuhe lachen noch ins Freie. Durch seine zusehende Starrheit hat Pavel einen Teil der Hinterbank umklappen müssen, um ihn mit dem Kopf voran in Richtung Frontsitz schieben zu können. Doch diese Starre würde Pavel noch nützen, auch wenn er davon noch nichts weiß.
Schließlich hat er noch das Wesentlichste seines Besitzes auf den verbliebenen Teil der hinteren Sitzbank des Mercedes verfrachtet. Einige Kleidungsstücke zum Wechseln, seine geliebte Klassik, die großen Romane von Gogol und Dostojewski und seine lederne Aktentasche. Ein letztes Mal wirft er einen Blick auf das Rote Huhn und steigt daraufhin gelöst in seinen Wagen.
4.30 Uhr und so gut wie nichts regt sich mehr in den Strassen, die Pavel im Vorbeigleiten wachsam beäu-

gen. Was er vorhat ist streng genommen Wahnsinn, das weiß er nur zu gut, doch sein zurechtgelegter Plan könnte simpler nicht sein. Sollte jemand aufkreuzen, würde er die Aktion wenn möglich in Windeseile beenden und den Kommissar irgendwo zwischen Salzburg und Warschau verlieren. Doch noch ist Pavel zuversichtlich. Während er die Staatsbrücke in Richtung Rathaus überquert, kommen ihm mehrere verspätete Nachtschwärmer entgegen, aber die Rathauswache einige Meter weiter liegt ruhig und zufrieden da, so als wolle sie ihn nicht in seinem Vorhaben beirren.

Ein letzter Blick über die rechte Schulter und Pavel biegt in Richtung Getreidegasse ein. Er schaltet das Abblendlicht aus und tritt noch einmal sanft aufs Gas, um kurz darauf im Leerlauf in Richtung Residenzplatz zu rollen. Beim Durchfahren der Bögen zum Domplatz macht er den Motor aus und kommt direkt vor dem Haupteingang des Gotteshauses zu stehen. Der Platz liegt schwarz und verlassen da, niemand scheint ihm gefolgt zu sein. Pavel bringt fünf Minuten kauernd auf seinem Sitz zu, bereit den Motor anzuwerfen und die Kulisse mit Vollgas hinter sich liegen zu lassen. Nichts. Er atmet durch und presst die Lippen aufeinander, während er aus der Fahrerkabine des Wagens in die totenstille Kühle der Nacht eintaucht. Er öffnet den Kofferraum und zerrt den versteiften Kommissar ins Freie. Niemand in Sicht. Er schlingt seine Arme fester um den unförmigen Leib und schleift ihn in Richtung Portal. Die marmornen Treppen scheinen endlos und als er schließlich mit Schriebel oben anlangt, klebt sein Hemd wie eine zweite Haut auf seinem Rücken und er muss kurz auf den kühlenden Steintreppen Platz nehmen, um nicht das

Gleichgewicht zu verlieren. Pavel fühlt, dass dieser Ort angemessen ist. Hier würde dem Kommissar jene Aufmerksamkeit der Presse zuteil, die nötig ist, um das Bild des geschnürten Pakets für immer in den Köpfen der Salzburger zu verankern. Die Untersuchungen, die solch ein kurioser Fall zwangsläufig implizieren muss, würden den unter dem Teppich angehäuften Dreck und die Intrigen Schriebels in einer reinigenden Erosion zu Tage fördern, ein Jammer nur, dass Pavel das nicht mehr miterleben kann.

Er kämpft sich unter Protest seines Rückens wieder auf die Beine und packt den Kommissar an den Schultern, um ihn leitergleich Stück für Stück aufzurichten. Pavel ist wie vom Donner gerührt. Der Kommissar steht posthum stramm wie ein Zinnsoldat, doch ganz ohne Hilfe bei der Balance will er dann doch nicht die Position halten. Pavel lehnt ihn kurzerhand gegen die Seitenwand des Aufgangs und steigt daraufhin erleichtert die Stufen hinab. Er öffnet die Beifahrertür seines Wagens und greift mit der Linken nach einem bedruckten Zettel im Handschuhfach, welchen er wenige Stunden zuvor angefertigt hatte, um dem Hintergrund seiner Tat den nötigen Nachdruck zu verleihen. Ein Zettel, der ihn allerdings selbst zum Gejagten machen würde. Beim abermaligen Erklimmen der Treppen lässt er seinen Blick kurz über das Bedruckte gleiten, um es schließlich zufrieden zwischen zwei Klebebandringen in Brusthöhe des Kommissars zu fixieren. Nun steht er im vollen Putz, bereit für seinen letzten Fall, denkt Pavel bei sich, als er sich zurück zu seinem Auto begibt. Dort angelangt sieht er sich noch einmal um und grinst höhnisch über den lässig abgestellten Schriebel, der im Dämmerlicht der Morgenstunde inmitten der zwei Apostel und Landespatrone eine skurrile Figur abgibt.

* * * * *

Kurz nachdem Herr Kleinfeld den auserkorenen Blumenladen verlassen hat, betritt Pavel bereits die Oberbank. Er begrüßt die Dame am Schalter in gewohnt reservierter Manier und bittet sie, ihm erneuten Zugang zu seinem Safe zu gewähren. Als er sich schließlich ungestört fühlt, packt er die gereinigte Pistole samt Schalldämpfer behutsam in die eiserne Schatulle und ummantelt sie mit einem ungebrauchten Handtuch. Daraufhin erkundigt er sich, ob er denn die Miete für den Safe für ein Jahr im Voraus bezahlen könnte, denn er habe keinerlei Konten bei der Bank und hätte vor, für längere Zeit zu verreisen. Die Dame am Schalter hat im Nu die nötigen Formulare zur Hand und Pavel ist hoch zufrieden, als er die Vorhalle des Bankinstituts schon wenige Minuten später wieder verlässt.
Um 9.20 Uhr fährt er bereits auf die A1 in Richtung Wien auf und während Kleinfelds Schorf den Duschkabinenschlund hinabgurgelt, beschließt er, noch einmal in seiner neueren alten Heimat zu nächtigen. Vielleicht in einer Pension im Burgenland. Er würde sich einfach vom Straßenverlauf überraschen lassen. Pfeifend betätigt Pavel den Tempomat und lehnt sich zufrieden zurück, während er sich lebhaft die Entdeckung Schriebels ausmalt.

* * * * *

Pavels Telefon klingelt. Gütiger Gott, er hat Belev völlig vergessen. Der treue Kerl ist Kleinfeld über Tage hinweg auf Schritt und Tritt gefolgt und hat bis jetzt auf finale Anweisungen gewartet. ‚Belev, mein Lieber, verzeih, dass ich mich gestern nicht mehr gemeldet habe, aber ich hatte einen unangenehmen Besuch vom Kommissariat.' ‚Pavel, der Kerl scheint eine komplette Verwandlung durchlaufen zu haben! Gestern noch hat er in den Armen einer Pennerin die Nacht verbracht und heute sieht er aus als könnte er Bäume ausreißen. Ich werde nicht schlau aus dem Typen!' Pavel setzt zur Antwort an. ‚Und jetzt steigt er den Mönchsberg hinauf, als würde er eine beschauliche Wanderung vorhaben. Ich werde mich an seine Fersen heften.' Pavel vernimmt keuchende Geräusche vom anderen Ende der Leitung, die wohl davon stammen, dass Dmitri sich gerade aufwärts kämpft. ‚Ganz ehrlich gesagt glaube ich nicht mehr daran, dass Kleinfeld wirklich der Täter ist, Belev, denn die gestrige Untersuchung…'
Weiter kommt er nicht. Ein ‚Grundgütiger' schneidet ihm das Wort ab. ‚Mein Gott, der Kerl ist gesprungen! Er ist tatsächlich gesprungen!' Pavel steuert den Wagen ruckartig an den Pannenstreifen. Benommen lässt er das Handy sinken.

Teil III

Freitag

Herr Kleinfeld springt.

Aber nicht sein ganzes Leben läuft jetzt im Fallen noch einmal an ihm vorbei. Nein. Nur die eine Nacht, als er mit der Prostituierten in seinem Wagen war. Er kann sich plötzlich wieder ganz genau erinnern. Wie er schwitzend auf ihr gelegen ist. Wie seine Manneskraft nicht in die Gänge kommen wollte. Wie er sich vergeblich abmühte. Wie die Hure ihm Trost spenden wollte. Wie ihm das alles sehr peinlich war. So peinlich, dass er vor lauter Wut auf das Gesicht der Prostituierten eingedroschen hat. Dann ist er schnell weggefahren. Dabei hat er den Poller touchiert. Hat sich noch weiter geschämt. Nicht wegen dem Poller. Wegen der fehlenden Manneskraft. Und die Hure? Die hat er einfach stehen lassen. Mit zwei Hundertern. Als Ausfallsentschädigung. Für das Gesicht.

Schön zu wissen, dass man niemanden auf dem Gewissen hat. Aber als ihm das alles kommt, ist es doch zu spät.

Die Stiere haben schon wieder verloren. Herr Kumarec schüttelt den Kopf und legt die Zeitung beiseite. Er schaut auf die Uhr am Armaturenbrett. 12.21 Uhr. Nun steht er schon fast eine Stunde am Taxistand und noch immer kein Fahrgast. Gott sei Dank sind es ja nur mehr ein paar Monate bis zur Pension. Seit 25 Jahren fährt er schon Taxi und die Bedingungen sind nicht unbedingt besser geworden. Wie viel Zeit hat er wohl schon an oder besser in seinem Arbeitsplatz verbracht? Sitzend und wartend. Herr Kumarec freut sich auf seine Pension. In die Ferne soll es gehen. Urlaube im Süden. Er hat ja auch lange genug dafür gespart.

Früher einmal hat er sogar ganz gut verdient. Als Oberleutnant einer Kompanie. Aber das ewige Herumgebrülle ist ihm irgendwann dann doch recht auf die Nerven gegangen. Taxi fahren ist hingegen ein ruhiger Job. Hat er sich damals gedacht. Da hat er aber noch nicht gewusst, dass man genauso herumbrüllen muss. Mit den besoffenen Gästen.
Zum Bundesheer haben sie ihn dann nicht mehr zurückgelassen. Und den neuen Mercedes wollte die Leasingfirma auch nicht mehr zurücknehmen. Jetzt, 25 Jahre später, ist es bereits sein fünfter Wagen. Und es soll sein letzter sein. Genauso wie Herr Kumarec hat sich das Auto die Pension verdient. In seinem Kopf fahren die beiden schon nach Kroatien. An einen ruhigen Strand. Wo das einzige, das brüllt, der Wind ist.

Ein ungeheurer Knall. Das Taxi kippt nach vorne. Der Airbag reagiert sofort. Die Stoßdämpfer federn noch einmal nach. Dann Stille. Nur dass jetzt sozusagen der Beifahrer auf der Motorhaube liegt. Es ist wohl der letzte Gast von Herrn Kumarec. Dessen Kopf ruht sanft auf dem Airbag. Das Herz hat bei diesem Krawall nicht mehr mitgespielt. Stillgestanden.

Jetzt hat Herr Kleinfeld doch noch ein Leben auf dem Gewissen. Genau genommen sind es ja zwei, wenn man seines mit einberechnet.

Samstag

Pavel erwacht unter Höllenschmerzen. Seit Jahren hat er sich selbst nicht mehr so mit jeder Faser gespürt. Jeder Muskel will ihm einzeln den Dienst verweigern. Schließlich zwingt er sich doch auf die Beine und somit in die Gänge, denn es würde eine beschwerliche Fahrt werden. Als er am Empfang der für seinen Geschmack etwas zu bäuerlichen Pension die Rechnung begleicht, offeriert ihm die Wirtin, vor seiner Abreise doch noch eine Tasse Kaffee zu sich zu nehmen und Pavel akzeptiert bereitwillig. Er setzt sich unbeholfen an den reichlich gedeckten und dampfenden Holztisch der Bauernstube, da fällt ihm abrupt der Leitartikel des Burgenländer Tagblatts ins Auge, das aufgeblättert vor ihm liegt.

Häufung kurioser Todesfälle hält Salzburg in Atem

In den frühen Morgenstunden des Freitags entdeckte die Passantin Renate K. die Leiche des Salzburger Kommissars Manfred Schriebel, der, beinahe zur Gänze in Paketklebeband gehüllt, am Eingangstor des hiesigen Doms lehnte. Auf seiner Brust klebte ein Blatt Papier, auf dem sich mehrere bebilderte Zeitungsausschnitte eines vor drei Jahren ereigneten Vorfalls im Salzburger Rotlichtmilieu befanden. Dabei ist Schriebel als leitender Kommissar für die Aufklärung der Hintergründe eines Gewaltverbrechens gegen eine Prostituierte verantwortlich gewesen. Zusätzlich befanden sich einige Auszüge von bis dato ungeklärten Kontobewegungen auf dem Schriftstück, die

allerdings bis kurz nach jenem Ereignis zurück datieren und den Verdacht auf Erpressung laut werden lassen.
Die Passantin hielt den Fund nach eigener Aussage zuerst für missratenen Aktionismus. Als die verständigte Polizei das Paket kurz darauf jedoch öffnete, fanden sie darin den mit mehreren Kopfschüssen getöteten Kommissar.

Pavels Blick schweift nach unten, wo zwei Fotografien den ganzen unteren Teil der Seite einnehmen. Da liegt er, Schriebel, von den Seinen rollschinkengleich entzurrt und ausgebreitet.

Schriebel war während der letzten Woche maßgeblich an der Untersuchung des Mordfalles an der Prostituierten Maria S. beteiligt.
Einige Stunden darauf, nachdem der Domplatz wegen Scharen von Schaulustigen großflächig abgesperrt werden musste, ereignete sich in diesem Zusammenhang am Neutor der nächste grauenhafte Zwischenfall. Ein mittlerweile als Peter K. identifizierter Mann mittleren Alters sprang, offensichtlich von Selbstmordgedanken getrieben, vom Mönchsberg in die Tiefe und schlug dabei mit großer Wucht auf die Motorhaube eines darunter geparkten Taxis auf. Der Lenker des Wagens erlitt durch den Aufprall einen Herzinfarkt, an dem er noch an der Unfallstelle verstarb, bevor ihn die Feuerwehr aus dem schwer deformierten Wagen befreien konnte. P. Kleinfeld hatte sich freitags in einem an seine Haushaltshilfe adressierten Abschiedsbrief als schuldig an dem Tod von Maria S. bekannt. Zurzeit ist ein möglicher Zusammenhang der Mordfälle noch nicht geklärt, jedoch

scheint mittlerweile alles auf eine noch letzte Woche von Kommissar Schriebel dementierte Verbindung zum Rotlichtmilieu zu deuten.

Ohnmächtig starrt Pavel auf das andere Bild. Salzburg hat sich binnen einer Woche in ein Sodom verwandelt und er hat das Gefühl, als wäre er diesem Pfuhl gerade noch rechtzeitig entronnen. Kleinfeld ist also doch der Schuldige und Dr. Lettner hat ihn prächtig angeschmiert. Pavel könnte sich wegen seiner Gutgläubigkeit geißeln. Noch einmal lässt er seinen Blick über das Bild mit Schriebels Leichnam und die klein gedruckten Zeilen schweifen, die darunter prangen.

...wurde der Kommissar mit drei Schüssen in den Kopf regelrecht hingerichtet. Woher allerdings die zum Zeitpunkt des Todes bereits entzündete Wunde am Halsbereich stammt, ist völlig unklar...

Pavel hält für einen Moment inne und fixiert das lederne weiße Schuhwerk des Kommissars, danach driftet sein Blick ins Leere. Und plötzlich lacht er, sich vom Affekt der Tat endlich schälend und begreifend, lauthals auf, so dass die Wirtin und die Gäste aus den anliegenden Stuben zusammenlaufen und ratlos tuschelnd in seine Richtung blicken.

Mehr unter:

http://payerlesen.jimdo.com

http://www.facebook.com/pages/Payerlesen/126674277519031?fref=ts